이런
중년이어도
중년 여성
사용 설명서
괜찮습니까?

이런 중년이어도 괜찮습니까?

중년 여성
사용 설명서

강안 지음

이후

* 차례 *

1부

자연스럽게 나이 먹는 중

2부

우리 참 멋진 중년이지?

3부

나이 들수록

4부

아이의 손을 놓자

1부

자연스럽게
나이 먹는 중

쉰내를 말리는 시간

○　　마흔이 되며 '사십'이라는 숫자를 감당하기 힘들었다. 나이를 어디로 다 먹었나, 그동안 뭘 했나? 하는 생각이 들자 아찔했다. '마흔'이란 나이가 그렇게 내 마음을 후벼 팔 줄 몰랐다.

그래서 인도로 떠났다. 남편도 자식도, 누굴 생각하고 봐 줄 만큼 마음이 여유롭지 않았고 우울했다. 내 몸보다 더 큰 배낭을 짊어지고 앞으로 걷는지 뒤로 걷는지도 모를 걸음으로 인도의 캘커타 공항에 내려, 무작정 〈죽음의 집〉으로 향했다.

〈죽음의 집〉은 마더 테레사 수녀가 운영하고 있었다. 행려병자들, 주검과 다름없는 그들의 몸을 닦고 그들 곁을 지키는 많은 봉사자들을 보았다. 그곳은 너무 적막했다. 나이와 현실 운운하며 도망쳐 나온

마흔 살 아줌마, 두 아이의 엄마. 나의 여행은 사치였고, 호기였다는 걸 그곳에서 깨닫는 데는 그리 많은 시간이 걸리지 않았다.

유난히 어려 보이던 봉사자가 있었다. 나이가 스물둘, 이름이 샤이니라고 했다. 집이 가난해 돈을 벌려고 나왔는데, 〈죽음의 집〉에 들렀다가 그곳에서 자신이 해야 할 일을 찾았다고 한다. 샤이니 때문에 마음이 복잡했다. 어린 자식을 둘이나 두고 떠난 여자, '책임'이라는 단어가 목에 콱 걸려 더 머물지 못하고, 도망치다시피 그곳을 떠났다. 그렇게 한 달여를 낯선 땅에서 부대낀 뒤에야 나는 나이 '마흔'을 받아들였다.

그렇게 돌아와 얼마 지나지 않았는데 '쉰'이라는 숫자가 찾아왔다. 헛헛했다. 용을 쓰며 돌덩이를 굴려 산등성이를 올라왔는데, 쉴 사이도 없이 다시 내려가야만 했던 시지포스의 마음이 이랬을까?

산에 오르면 내려올 때 사고가 더 많다는 것은 등산을 해 본 사람이라면 다 안다. 흔히 오십을 넘으면 시간이 시속 오십 킬로미터로 간다는데, 막상 오십이 되고 보니, 시속 오십 킬로미터는커녕 이백 킬로미터 정도의 속력으로, 정신없이 빠르게 간다.

'쉰'이라는 숫자 앞에서 내 몸의 수분이 죄다 빠져나간 듯한 느낌을 받았다. 마흔의 나이에 집을 떠났던 용기는 다 어디로 갔을까. 모든 것이 펑 하고 사라질 것 같은 불안, 두려움이 앞서 무슨 일을 하건 주춤거리는 일이 허다했다. 대학 강의실에서는 기기 사용이 서툴러 늘 학생들의 도움을 받아야 했고, 젊은 선생들과 비교할 수 없는 조악한 자료를 띄워 두고 강의를 진행할 때마다 주눅이 든다는 걸 부인할 수 없게 되었다. 아무리 "내 나이가 어때서~" 노래를 흥얼거려 봐도 허리 구부려 의자를 찾는 날이 한두 번이 아니었다. 참 비루하다고 생각할 때가 많았다. 당장 때려치우겠다고, 자유롭게 살겠다고, 내 자신에게 감자주먹을 날리곤 했지만 쉽지 않았다. 그렇게 '쉰'이라는 나이에 익숙해지며 시간이 흐르던 어느 날, 지하철에서 한 여인을 보았다. 예순이 넘었을까. 벨트로 허리를 묶어 줘야 감당할 수 있을 만큼의 뱃살에, 씨름 선수도 걷어찰 수 있을 것처럼 다리는 튼실해 보였다. 하얀색 치마에 분홍색 재킷을 입고, 굽이 꽤 높은 구두를 신은 그 여인은 노약자석에 턱 하니 앉아 누군가와 통화를 시작했다.

다른 사람이 통화하는 내용을 엿들을 때는 거의

소머즈처럼 변하는 신기한 내 청력. 놀라운 집중력이다. 아무튼 그 여인은 그날 댄스 교실에서 만난 춤 파트너 남자에 관한 이야기를 쏟아냈다. 지하철에 타고 있던 몇몇 사람들도 그 여인의 '그 남자'에 관한 정보를 얻으려는지 흘끔흘끔 그녀를 쳐다보곤 했다. 아랑곳하지 않고 대화를 계속하던 그녀는 그만 하차해야 할 역을 놓치고 말았다.

"오메, 여기가 어디여?"

허둥지둥 일어서다가 구두 굽이 뒤뚱 흔들렸다. 그러거나 말거나 그녀는 씩씩하게 걸어 다음 역에서 내렸다. 여러 개의 눈이 그 뒤를 좇고 있었다.

집에 돌아오는 길, 내내 그 여인을 생각했다. 나이든 여자가 붉은 입술에 굽 높은 구두를 신고 춤추러 간 것도 모자라 파트너 남자 이야기를 지하철 안에서 떠들다니. 어떤 이는 그런 그녀를 비웃을지도 모르겠지만 내 눈에는 한없이 자유로워 보였다.

내 삶의 목적이 되었던 책임들에 나는 매여 살았다. 몸이 아파도 강의에 나섰고, 이러저러한 책임들로부터 벗어나지 못했다. 너무 열심히 달려온 나는 지쳐 있었고 몸에서는 쉰내가 풍겨 나오는 것만 같았다. 좀 더 여유롭게, 쉬어 갈 수는 없을까?

더 이상 머뭇거리면 안 되었다. 나이 육십이 되기 전, 학교는 물론 모든 외부 강의를 정리하고 싶었다. 결단을 내리고 나니 거짓말처럼 마음이 편해졌다. 아까워 내려놓지 못한 일을 내려놓고, 거절 못 해 끌려갔던 일을 거절하고, 어딘가에 매여 있지 않게 되니 마음이 여유로웠다. 하고 싶었던 그림 그리기도, 글쓰기도 맘껏 하고 종일 책을 읽고 산책도 하게 되니 행복했다. 왜 진즉 이러지 못했을까. 늘 무얼 해야 한다는 강박증을 가지고 허둥대며 몸과 마음을 몰아붙이고 닦달했던 시간에서 빠져나오니 그곳이 천국이었다.

이제 좀 쉬었다 갈 나이가 된 것이다. 그동안 쉬지 않고 왔으니 이제는 좀 쉬면서 인생의 절반을 생각해 볼 때다. '쉼'의 사전적 의미를 보니 '해질녘의 어스름'이란다. 나는 '쉼'의 의미를 이렇게 바꾸기로 했다.

쉼, 쉰내를 말리는 시기.

삶에 찌든 옷을 말릴 때다. 바람과 햇살에 고슬고슬 말린 옷을 입고 나면, 곧 '이순'을 맞게 되리라. '순한 귀'를 갖게 된다는 '이순'답게 지금보다 더 순한 사람이 되어야겠다.

치열함의 열기를 벗어난 오후, 대지의 들뜬 열을 식히며 안식을 기다리는 어스름의 순간이 얼마나 아름다운가를 나는 지금 깨닫고 있는 중이다.

새 빤쓰를 입어야 해

○　　　호스피스 병동에서 봉사를 하는 동생이 내
귀에 대고 조용히 말했다.

"난 외출할 땐 꼭 새 빤쓰를 입어."

"뜬금없이 웬 빤쓰?"

"의사들이 응급실에 실려 온 환자 팬티 보고 생활
수준 가늠한단 소리를 들었거든."

"그런 말도 안 되는 얘기를 믿니?"

"손가락을 대기도 전 벗겨지는, 밑이 누런 고무줄
빤쓰, 허리띠가 쫀쫀해 가위로 잘라야만 벗겨지는
빤쓰, 그 사람의 생활 정도와 빤스의 고무줄 탄력
은 비례한다는데?"

"그게 말이 돼?"

"현장에서 일하는 사람들 정보야."

"지나가던 개가 다 웃겠네."

"그러지 말고 언니도 속옷 잘 입고 다녀. 우리라고
뭐 사고 당해 응급실에 실려 가지 말란 법 없잖아?
나이도 있는데 언제 쓰러질지도 모르고."

일급비밀이라도 되는 양, 동생이 정보 수신료로 밥
을 사라고 한다.

"야, 그런 정보 안 사!"

말은 그렇게 했지만, 이야기를 듣고 보니 추락한
여객기 구출 장면이 떠올랐다. 여객기 승객을 헬기
로 구조하는데, 하늘색 원피스를 입은 여자 승객의
치마 속 빨간 팬티가 화면에 선명하게 잡혔던 순간
이 있었다. 보는 내가 다 아찔하고도 민망했다. 그
빨간 팬티 때문에 지금도 그 사건이 또렷하게 기억
난다.

한치 앞을 내다볼 수 없는 게 인간사이지만 매일
매일 순간순간 자신에게 일어날 사건 사고를 생각하
며 살아야 한다면, 그 또한 불행한 일이다.

호스피스 병동에서 일하는 동생이 삶을 바라보는
태도는 좀 남다르다 했으나, 응급실 의사들이 했다
는 말에 그리 의미를 두고 있을 줄은 몰랐다.

"그래서? 빤쓰를 어쩌라고?"

"최소한 고무줄 늘어진 빤쓰는 입지 말라는 거지."

"의사들도 참 얄궂다. 빤쓰 고무줄 가지고 환자의 생활 정도를 평가해? 난 동의할 수 없어!"

"언니 맘대로 해. 혹 그런 빤쓰 입고 있다 사고 나 응급실에 실려 가면 면회 안 가."

"왜?"

"손만 대도 흘러내리는 빤쓰 입고 실려 온 언니를 의사들이 다 봤을 텐데, 아유, 싫어. 안 갈래."

"아이고, 참 별 걸 다 걱정하네. 환자의 빤쓰 고무 줄 탄력이나 기억하는 사람이 의사야? 위급 상황 에 고무줄 탄력 실험이나 하는 의사가 있겠냐고? 내 빤쓰 걱정 말고 너나 쫀쫀한 걸로 입고 다녀."

동생에게 면박을 주었지만, 왠지 외출할 때마다 계속 속옷에 신경이 쓰였다. 동생 얘기를 무시하지 못한 뇌를 원망해도 소용이 없었다. 더욱이 집을 나설 때면 설거지통을 정리하는 일부터 속옷 서랍을 정리해 두는 버릇까지 생겼으니, 면박을 주었던 동생에게 조금 미안했다.

"얘야, 엄마에게 무슨 일이 생기면 빤쓰는 꼭 네가 챙겨 줘!"

게다가 딸에게 이런 부탁까지 하기에 이르렀으니.

그렇게 해 놓으니 마음이 좀 놓이는 것 같았다. 의식 없이 병원에 실려 온 내 속옷을 벗기며 의사들이 낄 낄거릴 것만 같아 어느 날, 고무줄 짱짱한 속옷 몇 벌 사러 갈까 하는 참인데, 동생이 전화를 했다.

"언냐, 나랑 빤쓰 사러 가자!"

참 기막힌 타이밍이다.

수면제 모으지 마!

○   텔레비전에서 양로원 같은 시설에서 살다 돌아가신 노인들 주머니에서 수면제가 많이 나온다는 뉴스가 나온다. 같이 보고 있던 딸아이가 갑자기 레이저 광선을 발사하며 훅 한마디 던진다.

"엄만, 수면제 모으지 마!"

시중에 파는 수면제를 아무리 먹어 봤자 바로 죽지 않는다며 전문가적 소견을 늘어놓는 딸아이를 향해, '나도 모을 건데?' 하려다 그만두었다.

병원을 안방 드나들듯 하며 입원과 퇴원을 반복하고 있는 친정 엄마는 "죽어야지, 곧 죽을 거야."를 벌써 몇 년째 입에 달고 사신다.

"엄마, 그 얘기 이제 그만할 수 없어요? 꼭 양치기 소년 같아. 죽는다 죽는다 하지 말고 그냥 사세요."

그러는 딸에게 몹시 서운해진 엄마는, 너무 오래 살아 미안하다는 말까지를 몇 년째 반복하고 계신다.

"적당히 살다 가신 네 시어머니가 나는 참 부럽다."

이 말도 몇 년째 빠지지 않는 레퍼토리다. 별 걸 다 부러워하는 엄마다. 말은 그렇게 하면서도 온갖 비타민을 쌓아 두고, 텔레비전 건강 프로그램을 죄다 꿰고 계신다. 삶에 대한 애착이 엄청 강한 분이시다. 그럼에도 "어서 죽어야지."를 계속 입에 달고 사시는 그 심리가 참 묘하다.

어떨 땐 병원 생활을 아주 즐기시는 것처럼 보였다. 요양원에는 절대 가지 않겠다는 불굴의 의지로 양쪽 고관절이 부러졌음에도 끄떡없이 일어나 재활 치료를 받고, 얼굴도 못 보고 죽으면 어떡하느냐며 외국에 있는 딸이 놀라 한국에 달려오게 만드는, 아주 연기력이 뛰어난 분, 엄마는 그렇게 오랜 기간 자식들에게 겁을 주셨다.

같은 병실에 있는 환자들 자식이 몇 번을 왔는지, 몇 시간을 머물다 갔는지, 무얼 사 왔는지를 꿰고 있다 빼놓지 않고 자식들에게 들려주며 동정심을 자극하기도 하신다.

부모상을 당하면 3년은 기본으로 묘 앞에 집을 짓고 조석으로 문안 인사를 했다는 전설 같은 이야기를 들으며 죄의식을 가질 자식이 요즘 몇이나 되겠는가. 엄마의 낡은 협박을 비웃던 내가 요즘 들어 아이들에게 똑같은 짓을 하고 있다.

오래 사는 게 축복인지 재앙인지 헷갈릴 때가 많다. 친정 아버지처럼 구순을 바라보면서도 건강하게 자신의 의지대로 살아갈 수 있다면 그건 축복일 수 있지만 오랜 시간 병석에 누워 지낸다면, 가족들과 눈도 못 맞추고 병든 몸을 누군가에게 의탁해야 한다면, 오래 사는 것이 과연 축복일까? 그런 생각이 들 때마다 우울해진다.

어느 날 갑자기 죽음이 찾아와 자식들과 나 사이를 깔끔하게 정리해 주었으면 하고 기도한다는 친구가 있었다. 그런 생각을 왜 하냐며 핀잔을 주었는데, 요즘에는 내가 그런 생각을 한다. 사는 게 구차하고 고통스러워 수면제를 모은다는 노인들이 이해가 되고도 남았다.

"엄마도 수면제 모을지 몰라."

딸에게 솔직히 말했다. 수면제를 먹고도 죽지 못할지 모르지만, 사는 게 고통이라고 느낄 때마다 나 또한 주머니 속 수면제를 만지작거리며 위로의 말을 찾게 될지도 모르겠다.

"아파! 아파!"를 쉬지 않고 내지르던 아내, 그 고통을 덜어 주려 아내의 얼굴에 베개를 덮어 누르던 남편, 영화 〈아무르〉를 다시 보자고 딸에게 말했다가 퉁만 먹었다.

"어느 날 널 보며 '누구세요?'라고 말하면 연민 갖지 말고 시설에 보내. 좋은 추억만 간직하고 싶어. 진심이야."

"엄마, 걱정 마셔. 다음 날 바로 보내 드릴게. 큭큭."

엄마도 할머니처럼 양치기 소녀가 될 거면서 우울 모드 조성하지 말라고 면박 주는 딸아이. 친정 엄마와 내가 다르지 않았다.

젊은 날에는 사십까지만 살겠다고 했는데, 사십이 넘었고 오십을 넘어 육십이 되어 가니 팔십, 구십, 백을 넘기면 어쩌나, 사실 염려가 된다. 어쩌면 나는 친정 엄마보다도 더 질기게 삶을 버텨 갈지도 모른다.

콜라겐이 많다는 돼지 족발까지 달여 드시며, "죽어야지."를 반복하시는 엄마에게 핀잔을 주었더니, 엄마는 "돼지 족발이 아니라 닭발"이라며 픽 웃으셨다. 엄마의 그 웃음 때문에 오래오래 마음이 아팠다.

어쩌면 나는 닭발이 아니라 족발, 더한 그 무엇까지 삶아 먹으며 "죽어야지." 하는 말을 입에 달고 살지도 모른다.

우리나라의 노인 자살율이 OECD 국가 중 1위란다. 삶이 질척거리고 고단해질 때 수면제를 사 모으며 죽음과 삶의 경계를 드나드는 노인. 그 사람이 바로 내가 아니라고 장담할 수 없다. 하지만 분명한 것은, 삶은 계속된다는 것. 아무리 은퇴를 하고 주연 무대에서 사라져 골목길을 배회한다 해도, 나는 '살아야 한다.'

연명은 사양해

○　　둘째 시고모가 돌아가셨다는 전화를 받았다. 여든에 병원에 들어가 거동도 못 하고 내내 누워 지내다 아흔이 넘어 돌아가셨다. 넉넉하지 않은 살림에 고모님 수발 드느라 큰아들은 빚만 늘었다 하니 마음이 짠하고 신산했다.

전신마비로 평생 누군가의 도움을 받아야 살아갈 수밖에 없었던 남자가 있었다. 영화 〈인사이드 씨〉 주인공 라몬 샴페드로는 젊은 나이에 다이빙을 하다 척추를 다치는 바람에 침대에 누워 지내야만 하는 신세가 되었다. 형과 형수, 조카까지 온 가족이 라몬의 침상을 지켜야 했으니 라몬의 마음이 오죽했을까. 그는 죽게 해 달라고 끊임없이 외쳤고 법정 투쟁까지 벌였다. 안락사가 허용되지 않은 스페인에서 죽을 권리를 달라고 외쳤던 남자, 누군가에 기대어 평생 살아야만 했던 라몬에게 삶이란 치욕이었다. 그런 라몬의 마음을 헤아려 죽음을 도와준 로사 덕분에 라몬은 마침내 자유를 얻었다.

영화는 라몬의 죽음 이후를 말하지 않는다. 그가 스스로 생을 마감할 수 없도록 만든 법, 그 법망을 통과하지 못해 자살을 선택할 수밖에 없는 주인공의 법정 투쟁, 그 지난한 과정을 보여 줄 뿐이다.

우리나라에서도 말기암 환자에 대하여 제한적으로 안락사가 허용되었다. 환자가 원하면 연명 치료를 거두고 고통을 줄여 자연스런 죽음을 맞게 한다는데, 고무적이다.

낙상으로 자리에 누웠던 내 할아버지는 병원 치료를 거부하셨다. 할머니 또한 집에서 자연사하셨다. 나 또한 그분들처럼 세상을 떠나고 싶다. 그러니 여든이 넘으면 병원 검진을 받지 않을 생각이다. 연명 치료 또한 하지 말라고 아이들에게 말해 두었다. 자신의 의지로 살 수 없다면 그 삶이 얼마나 무의미할까. 하지만 장담할 수 없다. 더 살겠다고 몸에 좋다는 보약을 남보다 더 먹고, 일 년에 몇 번씩 병원 검진을 받아 가며 살려고 발버둥칠지도 모를 일이다.

시골 농가 한 채를 얻어 자급자족하다 자연사하는 건 어떨까. 봄이면 뒷산에 올라 나물을 뜯고, 텃밭을 일구어 푸성귀, 감자, 고구마, 배추나 무를 땅속에 저장해 두고 겨울을 날 수 있다면 먹는 건 걱정 없겠다. 겨울이면 숯을 넣은 화롯불에 알밤이나 고구마를 구워 먹으며 도란도란 얘기 나눌 사람만 있다면 좋겠다. 회충약 정도야 보건소에서 타 먹으며 식물처럼 봄, 여름, 가을, 겨울을 날 수 있다면 무슨 걱정이 있을까. 그러다 어느 날 조용히 숨을 거두고 뒷산에 묻힐 수 있다면……. 그런 꿈을 꾼다.

세상에 영생하는 것이 어디 있을까. 한철 붉게 피었다 지는 꽃에서 풀 한 포기까지 자연의 모든 것은 아름다운 끝이 있다. 하지만 우리 인간만이 무한한 삶을 갈구한다. 옛날에는 진시황이 그렇게 불로초를 찾아 대더니, 요즘은 과학기술의 힘을 빌려 생명을 연장하려 애쓴다.

나는 행여라도 내가 백 세 인생을 갈구할까 걱정이다. 살아 있는 동안 자연의 섭리에 순응하며 소소한 일상 안에서 살다 자연스레 세상을 떠날 수 있다면 얼마나 좋을까. 코에 호스를 끼우고 목을 뚫어 음식을 집어넣어 목숨을 연장하는 일이 없기를, 나는 소망한다.

가야 할 때가 언제인가를
분명히 알고 가는 이의
뒷모습은 얼마나 아름다운가

이병기 선생의 시 「낙화」한 구절이, 오늘, 마음에
콕 박힌다.

친구냐, 손자냐,
그것이 문제로다

○   언젠가 정애가 친구들 모임에 세 살배기 손자를 데리고 나온 적이 있다. 정애는 손자 투정을 받아 주느라 점심도 제대로 못 먹고 있었다. 그런 정애를 향해 친구 부희가 말했다.

"너는, 요새 신문도 안 보니?"

나이 들어 손자 돌보느라 우울증을 앓는 노인들이 많다는 기사가 종종 나오던데 그걸 두고 하는 말 같았다.

"맞벌이 하는 자식이 먹고살겠다고 어렵게 하는 부탁인데 어찌 거절할 수 있니?"

그러면서 정애는 손자를 끌어안았다.

"요래 예쁜 새끼를 안 봐줄 수 있겠어?"

정애를 바라보는 친구들 눈빛이 눅눅하다.

"잠깐 어디 좀 맡기고 올 데도 없나? 아님, 애 데리
고 그냥 집에 있던가. 안 그러니?"

그렇게 속삭이는 친구도 있었다. 정애라고 그런 생
각을 왜 안 했을까. 맡길 데가 없었던가, 잘생긴 손자
를 친구들에게 보이고 싶었던가, 둘 중 하나였을 것
이다.

아이 때문에 점심도 제대로 못 먹는 정애가 안타
까웠던지 부희가 정애의 품에서 아이를 떼어 안으며
엉덩이를 찰싹 때렸다.

"이놈! 네 할미 골병든다."

부희에게서 빠져나온 아이가 제 할머니 품을 파고
들며 울기 시작했다. 순간, 정애의 눈에서 레이저가
쏟아지는가 싶더니, 갑자기 아이의 소지품을 부리나
케 챙겼다.

"가자."

정애는 그 한마디만 싸늘하게 남기고 일어섰다. 신
발을 신는 정애의 등에 대고 부희가 말했다.

"삐졌니? 너를 생각해서야. 다음엔 손자 떼어 놓고
와라."

대꾸 한마디 없이 정애는 음식점을 빠져 나갔다.
정애가 식당을 나가자 부희에게 비난이 쏟아졌다.

"애들 좀 봐. 너희들도 하고 싶었던 말 아니야? 한 달에 한 번 나오는 모임에 손자를 달고 와? 도대체 걔네 딸은 참 염치도 없다. 혼자 사는 제 엄마를 끝까지 도우미로 쓰다니, 쯧쯧."

남편 없이 딸 하나 애지중지 키우며 그동안 정애가 얼마나 애썼는지, 우리 중에 부희가 가장 잘 안다. 그러니 손자까지 돌보느라 고생하는 정애가 더욱 마음에 걸렸던 것이다. 손자 때문에 제대로 바깥출입도 못 한다는 정애 얘기를 하며 부희는 화가 많이 나 있었다.

"그래도 그렇지, 그렇게 보내면 어떡해?"

다들 부희를 책망했다. 어떤 마음에서 한 말이었건, 정애는 상처를 입고 말았다.

이 다음, 맞벌이하는 딸이 아이를 봐 달라고 사정을 하면 나는 과연 뿌리칠 수 있을까? 정애도 딸의 부탁을 거절하지 못했거나 눈에 넣어도 아프지 않을 손자를 기꺼이 돌보겠다고 나섰을지도 모른다. 왜 그런 선택을 했느냐고 지청구를 줄 자격은 누구에게도 없다. 남들이 어떻게 볼지 전전긍긍하느라 하고 싶은 일을 하지 않을 필요도 없겠지.

'꽃중년', '꽃할매'라는 신조어를 만든 신문이나 방송은 중년 이후의 삶에 대한 새로운 패러다임을 만들고, 그에 맞춰 살지 않는 사람은 시대에 뒤처진 구닥다리라고 치부한다. 손자들 봐주다 몸에 골병이라도 들면 자식들에게 천덕꾸러기가 되니, 자식들의 부탁을 들어 주면 안 된다고 한다. 정애 잘못이 아니다. 손자를 데리고 모임에 나오면 미운 오리 새끼가 되어야 하는 사회 분위기가 문제다. 중년들을 위한 강좌에서는, 자녀와의 갈등 예방법 강의가 한창이란다. 자식과도 안 주고 안 받는 게 최고라고 하고, 손자 돌봄 부탁을 받았을 때 어떻게 거절할지 팁도 가르쳐 준다. 아쉬워서 돌봐 달라고 할 땐 언제고 아이가 조금이라도 다치면 싫은 소리나 왕창 들을 테니 처음부터 딱 잘라 거절! 이게 신세대 꽃중년이 제대로 살아가는 방법이란다.

좋은 소리 들으려고 손자 돌보미를 자청하는 할머니가 어디 있을까. 참 이기적인 조언이다. 부모 자식 간에 무얼 셈하고 따지며 산다는 게 어디 쉬울까.

부모가 좀 넉넉하면 나누어 주고, 손자를 돌봐줄 수 있는 여건이 되어 손자들 좀 봐주면 어떤가. '꽃중년'의 삶이, 손자의 재롱을 보며 행복해 하는 '친정 엄마'의 삶보다 좋다고 할 수는 없다.

모처럼 손자 데리고 모임에 나왔다가 마음 상해 돌아간 정애가 다시 모임에 나올까? 그게 걱정이다. '꽃중년', '꽃할매'가 못 되고 손자 돌보미가 되어 노후를 보낸다고 자괴감에 빠져 있지는 않을까? '중년의 자유'를 들먹이며 지나치게 여론에 민감한 부희는 손자를 얻으면 과연 어떻게 할지 궁금하다. 혹, 쌍둥이 손자를 데리고 모임에 나오지는 않을까? "막상 겪어 보니 네 마음 알겠더라" 하면서.

누구라도 자기 앞날을 자신할 수 없다. 마음대로 되지 않는 게 인생이니까.

건망증, 그 정도야 뭘!

○　　　외출에서 돌아가는 길, 오랜 단골 〈미스 리 미용실〉에 들러 막 머리를 자르려던 참이었다. 문자 메시지가 떠 열어 보니 시인 김 선생이었다.

"제가 깜빡 하고 지하철을 세 정거장이나 지나쳤 지 뭐예요. 시간이 좀 늦어질 테니, 먼저들 드시고 계세요."

지하철을 되짚어 타고 약속 장소까지 가려면 아무 래도 늦을 것 같다는 말까지를 덧붙인다.

"요즘 제가 건망증 때문에 이런 일이 허다해요. 얼 른 갈게요!"

'약속은 내일 저녁인데, 이를 어째?'

약속이 내일이라는 사실을 문자로 알리니 김 선생 실망이 이만저만 아니었다. 장난기가 발동해 다시 문자를 넣었다.

"김 선생, 이럴 땐 기관의 도움을 받아야 하지 않을까요?"

그 내용을 설핏 엿보았을까? 미용실 '미스 리'가 허리를 쥐어틀며 웃기 시작한다. 나이가 몇인데 기관의 도움을 받느냐는 것이다.

"이런 거 도움 받는 데 나이가 무슨 상관이래?"

"정말 '멘붕'이네요. 집까지 돌아갈 기력도 없어요. 진짜 우울해요."

김 선생이 이런 문자 메시지를 보내 왔다.

"그럼, 둘이라도 만납시다."

그렇게 내일 먹을 저녁을 우리는 미리 먹었고, 다음 날은 약속된 사람들과 저녁을 또 먹게 되었다.

약속 날짜, 시간, 장소까지 까먹는 게 뭐 그리 큰일인가? 젊은 사람들한테는 대수롭지 않은 일일지 모른다. 그러나 나이를 먹을수록 행여 실수할까 봐 늘 체크하며 저녁잠을 못 자는 날이 한두 번 아니었다. 그런 주제에 누가 누구의 건망증을 염려한다는 건지. 참!

바쁘게 움직이다 보면 어제가 오늘 같고 오늘이

어제 같아 구분이 되지 않는 날이 있다. 중요한 강의나 행사에 시간을 못 지킬까 봐 전날, 가야 할 장소에 다녀온 적도 있다. 이 정도면 강박증 치료를 받아야 한다고 스스로 진단까지 내리며 시간이 흘렀다.

서정주 시인은 기억력을 유지하려고 날마다 산과 강 이름을 백 개씩 외웠다 한다. '나도 꽃 이름이나 식물 이름을 외워 볼까?' 했다가도 말이 쉽지, 쉬운 일이 아니었다. 이 정도는 준수한 건망증이지 뭐, 나이가 들어 뇌가 늙어 가는 것이라고 스스로 위로하며 건망증과 치매의 간극을 아슬아슬 줄 타는 기분으로 살아간다.

"김 선생님, 정신 차리세요. 그 정도는 아무것도 아니에요."

위로랍시고 그렇게 말했지만, 김 선생은 몹시 위축되어 있었다. 처음이란다.

"처음엔 놀라죠. 시간이 좀 지나면 익숙해지지 않을까요?"

농담으로라도 그런 말 하지 말라고 김 선생이 말했다. 머지않아 받아들여야 할 현실임을 깨닫게 될 날이 올 거라고 이야기해 봐도 김 선생의 기분은 조금도 나아지지 않는 듯했다.

"다림질하다 전화벨 소리에 다리미를 귀에 대고, '여보세요?' 한 사람도 있답니다. 김 선생은 그 정도는 아니잖아요. 전 텔레비전 앞에 앉아 무선전화기 들고 채널 바꾸는 일을 계속하고 있어요. 방귀 뀌다 그날 먹은 검은콩이 퐁 나와 바짓가랑이로 떨어진 날도 있는데요, 뭘!"

김 선생이 조금 웃었다.

산에 갔다 넘어져 오줌을 바지에 지렸다며 우는 친구를 위해 만들어 낸 얘기였지만, 살다 보면 진짜 그런 날이 올지도 모른다. 그러니 생 앞에 까불지 말아야 한다. 누구라도.

가끔, 머릿속 지우개가 모든 걸 깨끗하게 비워 아무것도 기억할 수 없다면, 가까이에 있는 사람도 알아볼 수 없다면 어떡하지. 이런 생각들로 가득 찰 때가 있다. 가스 밸브의 잠금 상태를 확인하려고 나왔던 현관문을 다시 열고 들어갈 때, 같은 약을 하루에 두 번씩이나 먹고, 중요한 서류를 냉동실에 넣어 얼리고, 휴대폰을 냉장고에 넣어 두고 종일 찾는 일보다 무서운 것은, 어느 날 남편이나 자식들을 보며 누구냐고 소리를 지를 때일 것이다. 만일 정신이 오락

가락하며 내 의지대로 할 수 있는 일이 없다면, 그런 날이 실제 온다면, 어떡하지?

그런 날이 온다면 연민 같은 건 버리고 시설에 넣어 달라고 아이들에게 부탁했다. 아직 오지도 않은 미래를 미리 걱정할 필요가 있냐며 남편이 핀잔을 주었다.

친정 엄마는 요양원에 가면 죽는 거와 다름없다며 병원 생활을 고집하셨다. 요양원과 병원이 뭐가 다를까, 싶다가도 아직 치료할 이유가 있는 환자로 남아 있고 싶은 엄마의 마음을 이해했다. 어디에 있느냐에 따라 마음 상태가 달라진다 하니, 엄마도 그러신 게 분명하다.

"아마, 엄마는 할머니보다 더할지 몰라."

엄마는 양로원도 병원도 아니고, 집에서 살겠다고 떼를 쓸지도 모른다며 딸아이가 웃었다.

올챙이 꼬리 눈을 하고 웃는 딸아이의 말에 조금 위로가 되었다. 혹시라도 사고가 난다면 쓸모 있는 장기는 모두 나누어 주고, 화장해 숲에 뿌려 달라는 말까지를 해 두고 나니 한결 마음이 가벼워졌다.

"요즘엔 구십 정도 돼야 그런 부탁할 수 있는 거 아닌가?"

그렇게 미리 말하는 사람치고 빨리 세상 뜨는 거
못 봤다며 남편이 웃는다.

그날 밤, 김 선생에게 메시지를 보냈다.
"김 샘, 빤쓰에 똥만 싸지 않으면 아직 괜찮은 거
예요!"
이 말에 김 선생이 위로를 좀 받았을까? 김 선생의
건망증 우울이 너무 오래 가지는 말아야 할 텐데, 조
금 걱정이 되었다.

소크라테스가 부러워

○   오래 전 아는 집에서 코카스패니얼 강아지
한 마리를 데려왔는데, 강아지 이름이 '소크라테스'
였다. 늘 생각에 잠겨 있는 듯한 심오한 표정 때문에
붙여진 이름이었다. 강아지 소크라테스는 딸아이의
아토피 때문에 우리 가족과 오래 살지 못하고 남의
집으로 가야만 했는데 그날, 딸아이는 세상이 끝난
것처럼 울었다.

그렇게 서럽게 울던 딸아이는 자라 직장을 갖고
독립을 하며, 기다렸다는 듯 가장 먼저 코카스패니
얼 강아지 한 마리를 샀다. 이름도 소크라테스라고
지었다. 어린 시절 함께했던 강아지 소크라테스를
잊지 못했던 것 같았다.

그런데, 요즘 소크라테스 때문에 걱정이 많다며 딸

아이가 전화를 자주 걸어온다.

"내가 아팠을 때 엄마도 그랬어요?"

소크라테스가 설사를 해 속이 상한단다. 강아지 설사 정도에 땅이 꺼질 듯 한숨이 잦다. 한 마리였으니 망정이지, 두 마리였으면 어쩔 뻔했는지.

에미가 아파도 그렇게 걱정을 할까? 괜히 강아지를 질투하며 심통이 나다가도 강아지를 키우며 어미의 마음을 알아 간다는 딸아이가 기특했다. 자식 같은 존재가 생기고 나서야 부모의 마음을 헤아리게 된 것이다.

나도 그랬다. 아이가 아파 마음이 타들어 갈 때, 나 또한 엄마가 떠올랐다. 내 자식이 서운한 말을 했을 때도 그랬다. '어미가 되어 봐야 어미의 마음을 조금이라도 알 수 있을 것'이라고 친정 엄마도 내게 말했었다.

강아지 한 마리를 키우며 어미의 마음을 헤아리고 전화를 걸었다 하니, 강아지에게 뼈다귀 선물이라도 해야 할까?

딸아이랑 같이 마트에 간 어느 날, 강아지 장난감도 사 줘야 하고, 영양제도 하나 먹여야 할 것 같다며 강아지 물건을 사느라 정신이 없다. 나는 밑바닥에 미끄럼 방지 고무가 붙어 있는 가벼운 단화 한 켤레를 카트에 담으려다 그만두었다.

'개 팔자가 나보다 낫다. 개만도 못한 어미. 내가 절 어찌 키웠는데…….'

심술이 파도타기를 한다.

"엄만 뭐 필요한 거 없어요?"

"없다!"

'당연히 많지! 그걸 물어봐야 아니? 강아지보다 훨씬 많아!'

마음은 그렇게 말하고 싶었지만 그러지 못했다.

내 엄마도 그랬을까? 엄마도 그랬을 것이다. 딸이 상처받고 좌절할까 봐 말도 못하고 마음을 졸인 일이 많으셨을 것이다. 딸이 힘들게 번 돈 축낼까 봐, 집었던 운동화도 그냥 내려놓는 게 엄마 마음이라는 걸, 나는 이렇게 나이 들어서야 또 알게 된다.

자식이니, 조금 서운해도 넘어가고 봐주는 것이다. 자식을 가진 부모라면 다 그렇다. 진짜 마음을 자식에게 들킬까 숨기며 '너도 부모가 되어 봐라. 그때야 어미 마음 알 테니.' 하면서 기다려 주는 것이다. 엄마가 되고 나이가 들며 친정 엄마의 마음을 조금씩 헤아리게 되었다.

이 나이에도 배울 게 참 많다. 죽기 전까지, 나는
또 얼마나 더 많은 것들을 배우게 될까.

리모컨 전쟁

○　　　주말 드라마를 보려고 서둘러 집에 돌아올 때가 있었다. 전에는 뉴스나 다큐 프로그램이 아니면 좀체 텔레비전을 켜는 일이 없었는데, 드라마에 빠져 텔레비전 리모컨을 찾는 일이 잦아졌다. 어떤 날은 미처 보지 못한 드라마를 한꺼번에 보느라 밤을 꼬박 새우기도 해 스스로 놀란다.

그런데 요즘 남편의 드라마 사랑이 나보다 한 수 위다. 게다가 드라마를 보며 우는 남자라니, 좀 낯설다. 코를 풀어 가며 울고 있는 모양새가 우습다. 눈물이 많아진 것이다. 나이가 들면 남자는 남성 호르몬이 줄어 눈물도 많아지고 소심해진다는데, 남편은 그걸 증명이라도 하듯 시도 때도 없이 운다.

드라마를 좋아하게 된 것도 호르몬의 변화 때문일

까? 서로 다른 드라마 취향 때문에 리모컨 쟁탈전을 벌이다 텔레비전을 한 대 더 사게 되었다는 지인의 말을 공감한다.

결국 나도 남편과 리모컨 때문에 싸웠다. 남편이 보고 싶어 하는 드라마와 내가 좋아하는 드라마가 똑같은 시간에 방영되었던 것이다.

"도대체 그 남자 배우 어디가 좋아?"

남편이 물었다.

"미소가 좋아. 비현실적이거든."

"비현실적인 미소 때문에? 시청자가 정말 비현실적이군."

"그런 당신은? 그 여자 배우가 왜 좋은데? 섹시해서?"

"글쎄, 골고루 갖추지 않았나?"

"오메, 이봐요? 이 세상, 완벽한 여성은 없답니다. 당신이야말로 비현실적이구만."

"난 내용을 보는 거지, 당신처럼 비현실적인 미소 때문에 드라마를 보지는 않아."

"또 그거 보면서 울려고 그러지?"

"별 걸 다 트집 잡네. 눈물이 카타르시스라는 거 몰라?"

"그러니까 한꺼번에 카타르시스를 맛보시라고!"

남편에게 재방송을 보라며 나는 리모컨을 차지했고, 남자 배우의 비현실적인 미소에 빠져들었다.

"에고 에고, 저 표정 봐라. 입 찢어지네."

내가 보는 드라마에 관심이 없다던 남편이 옆에 붙어 구시렁거렸다.

"나도 저렇게 웃을 수 있는데!"

"아이고, 제발 방해 좀 하지 말고 벽을 보고 웃으쇼. 잉?"

영화관에 잘못 들어와 자고 있는 사람처럼 조용했던 남편이 한마디 한다.

"볼수록 미소가 비현실적이네."

"그렇지? 당신도 이제 빠져들었구먼. 저 미소에 여자들이 잠을 못 이룬다는데 당신도 이제 그중 한 사람이 되겠고만그랴. 히히."

그렇게 오십 분짜리 드라마를 보며 남편과 나는 비현실적인 미소를 공유했다.

"이제, 제발 우는 드라마는 보지 마시구랴."

내가 그러거나 말거나 남편은 좋아하는 드라마를 몰아 보며 또 울 것이다. 배우의 비현실적인 미소에 목숨을 건 아내와 코를 풀어 가며 우는 남편이 몸을 기대고 앉아 드라마를 본다. 여성화된 남편, 남성화된 아내, 리모컨 전쟁을 벌이며 오늘도 하루가 간다.

젖은 낙엽이라니

○ 　　　은퇴 후 소파에 앉아 텔레비전 채널을 돌려
가며, 신문 가져와라, 물 가져와라, 배고프다를 끊임
없이 요구하는 남편이 미운 아내는 화장실에 들어가
남편의 칫솔을 들고 변기를 닦은 후 꽂아 놓는다. 어
디 그뿐인가. 그런 남편을 골탕 먹이려 배앓이 허브
차를 준비하기까지……. 영화 〈하얀 손가락〉의 주인
공이 하는 일이다.

　어디 영화 주인공만 그러겠는가? 내 주변에도 은
퇴한 남편 때문에 종일 스트레스를 받는다는 이들이
허다하다. 한 친구는 하루 세 끼를 꼬박 찾아 먹고,
간식까지 요구하는 남편이 보기 싫어 일을 만들어
자주 밖으로 나온단다.

　"그래서 '졸혼'이라는 말까지 생기는 모양이야."

끼니도 끼니지만, 시시콜콜 간섭하고 어딜 가느냐, 언제 오냐, 왜 그리 늦었냐며 잔소리를 하는 통에 뒤늦게 시집살이가 시작되었다는 친구의 푸념이 쉽게 끝날 것 같지 않았다.

"같이 다니면 될걸. 뭐 그리 야단이야."

말은 그렇게 했지만, 오랫동안 각기 다른 생활을 해 온 부부가 종일 함께 보낸다는 게 말처럼 쉽지는 않을 거란 걸, 나도 짐작한다.

장성한 자식들이 떠나고 은퇴한 남편이 집으로 돌아와 종일 함께 지내니 활동이 자유롭지 못해 우울하다는 중년 여성들이 의외로 많다. 시부모 모시고 자식 건사하느라 자신의 삶은 뒷전이었던 시절, 그저 견디는 게 미덕이라고 생각한 시대를 살아온 여성들의 의식이 변했다. 댄스, 영어, 수영 등 문화 센터의 다양한 프로그램을 찾아다니며, 온전히 자신만을 위한 삶을 살고자 애쓰는 중이다. 그런데 은퇴한 남편이 돌아와 간섭을 하기 시작하니 참 난감하다.

내가 하는 인문학 강의에도 중년 여성들의 비중이 단연 높다. 강의 참여도도 높고 열의도 대단하다. 폭설이 내린 아침에도 강의에 나오던 육십 대 여성, 앞으로 자신을 위해 온전히 살겠다는 의지가 대단했다. 쏜살같이 빠져나가는 세월을 붙잡을 수 없으니 도태되지 않으려면 부지런히 다닐 수밖에 없단다. 각 기관에서 진행되는 강의 스케줄을 좍 꿰고, 하루, 일주일 계획표를 세워 실행하고 있다고 했다.

"혼자 다니세요?"

내 질문에 그녀가 웃었다. 은퇴한 남편과 취미가 다르니 혼자란다. 각자 좋아하는 것을 찾아 살기로 했다는 그녀. 서로 간섭하지 않기로 하고 인생의 황금기를 보내고 있는 중이란다. 부러웠다.

아무리 황혼 이혼이 는다지만 하루 세끼 밥 달란 다고 이혼하는 부부가 얼마나 될까.

흔히 하루 세끼를 꼬박 찾아먹는 남편을 일컬어 '삼식이', 아내에게 붙어 다니려고 하는 남자를 '젖은 낙엽'이라고 한단다. 이런 소리를 듣는 남편들도 억울하기는 하겠다. 그러나 자신만의 공간이라고 여겼던 집에 남편과 종일 지내야 하는 아내의 심정도 이해가 간다. 남자는 일, 여자는 가정이라는 틀을 벗어나지 못했던 부부, 살면서 소통하지 못했던 부부의 일상이다.

억울하지만 은퇴해 돌아온 남편이 훼방꾼처럼 여겨진다면 앞으로 남은 시간을 함께 하기 힘들 텐데.

이러다 내 친구도 남편의 칫솔로 변기를 닦지는 않을까 걱정이다.

　중년의 강을 건너는데 늘 맑은 날일 수는 없을 것이다. 비와 바람, 때론 눈폭풍이 몰아칠 수도 있겠지만, 그저 자연스럽게 받아들여야 하지 않을까. 삼시 세끼 밥을 차리지 않고 각각, 함께, 유쾌하게 살 수 있는 방법을 찾는 것은 나의 숙제이기도 하다. 삼식이, 젖은 낙엽과 끼니를 나누고 함께 뒹굴다 흙이 되는 고귀한 삶의 여정이 되기를, 나는 소망한다.

죽을 때까지
패키지여행만 할 거야?

○　　　두 눈 멀쩡하게 뜨고 다녀도 뭘 봤는지 기억도 하기 힘든 게 패키지여행이다. 눈 뜬 장님 노릇은 이제 그만두기로 했다.

가이드만 잘 따라다니면 무리 없이 여러 나라를 둘러볼 수 있으니 편했다. 그러나 돌아오면 어디를 갔는지, 뭘 보았는지 생각이 나질 않는다. 사진을 찍어 증거를 남겨야만 '아하! 그런 곳이 있었지.' 그 정도의 기억? 가물가물하거나 아예 기억에 없는 경우도 있다. 여행에 관한 기억은 모두 휴대폰 갤러리에 저장되어 있었다.

여행도 아니고 현장 학습도 아닌, 선물 가게 체험을 그만두리라 하면서도 그게 쉽지 않았다. 예전에는 오랜 기간을 준비해서 자유 여행에 나서곤 했는데, 이제는 선뜻 그러지 못한다. 자신감도 떨어졌고 몸이 편한 것을 원하다 보니 골치 아프게 이것저것 생각하고 챙겨야 하는 자유 여행으로부터 멀어진 지가 꽤 되었다. 어쩌다 내가 이런 신세가 되었나 회의가 일었다.

고민 고민하다 용기를 내었다. 이제 패키지여행은 그만두기로.

좀 고생해도 나서 보자고. 설마 나이 먹은 사람 잡아다 새우잡이배에 팔거나 술집에 팔아넘길 리는 없겠지. 설령 비행기를 놓치고 지하철을 잘못 타 헤매는 일이 있어도 그 자체가 추억이 되리라 생각하니 좀 위로가 되었다. 그런데 막상 집을 나서려니 머리가 지끈거렸다. 어디서 잘 것이며, 무얼 타고 어떻게 가고, 무얼 보러 갈 것인지. 무얼 먹어야 할지……. 생각할 게 한두 가지가 아니었다.

"아이고, 복잡해라. 그냥 패키지로 가면 안 될까?"

남편은 떠나기도 전에 지칠 것 같다며 꽁무니를 뺐다. 가이드만 졸졸 따라다니면 되는 걸 복잡하게 머리 쓰지 말자고 한다. 그런 남편에게, "젊은이들이 SNS에 올려놓은 스케줄을 참고하면 재미있는 여행이 될 거"라고 바람을 잔뜩 불어넣었다. 이왕이면 민박, 유명 관광지를 피하고 현지인처럼 지내 보자는 야심 찬 계획을 세웠다.

큰소리는 쳤지만, 사실 공항에서부터 걱정이 앞섰다. 비행기에 오르자 남편은 여행 가이드북을 고시 공부하듯 들여다본다. 다리를 떠는 모습에 남편의 근심과 두려움이 고스란히 느껴진다. 두 달 전부터 계획을 짜며 그리도 준비를 했건만 공항에 내리면서부터 헤매기 시작했다. 북적이는 시장통에서 엄마 손을 놓쳐 버린 아이처럼 우두커니 서서 어찌할 줄을 몰랐다. 정신을 잃고 국제 미아가 될 상황이었다.

"이럴 땐 묻는 게 최선이야."

남편은 나를 앞세워 길을 묻는다. 수줍음 많은 아이가 된 양, 내 뒤에 숨어 고개를 쭈뼛거린다. 영어로 된 소설은 잘만 보면서 말은 한마디도 못하는 전형적인 한국 아저씨였다.

'아무려면 어때. 세계인의 공통어 바디 랭귀지가 있잖수!'

젊었을 때의 도전 정신이 되살아난 것일까. 나는 남편의 손을 이끌고 두 손 두 발을 휘적거리며 길을 물었다.

그렇게 헤매면서 우리는 일본 북해도의 어느 산골 노천탕에 갔고, 1800년대에 만들었다는 호주의 감옥에 들어가 죄인들의 해먹에도 누워 보았다. 런던의 어느 한적한 시골 가정집에서 할머니가 손수 따서 만들었다는 야생베리잼도 맛보고, 파리의 동성 커플의 집에 머물며 그들이 우리 부부와 다르지 않다는 것도 알았다.

설령 버스를 잘못 타 예상치 못한 곳에 내렸다 해도, 목적지와는 다른 방향의 지하철을 탔다 돌아오며 길을 묻고 걸었다. 지치면 길가 찻집에 앉아 쉬거나 거리를 배회하며 시간에 구애받지 않았다. 어떤 날은 하루 종일 시골 동네 골목을 돌고 돌았다.

여유로웠다. 나와 다른 삶을 산다고 생각했는데 어딜 가나 나와 비슷한 삶을 살고 있던 사람들. 그들을 만나 인사를 나누며, 언어와 피부가 그리 중요하지 않다는 것을 알았다. 자유 여행에 대해 지레 겁먹고 편안한 패키지여행을 했다면 이런 경험을 해 볼 수 있었을까?

길거리 음식을 먹고, 여기저기 기웃거리며, 마음에 드는 곳이라면 계획보다 더 오래 머물러도 좋은 거친 여행이 마음에 들었다. 혹여나 "자식들이 여행지에 데려와 슬그머니 손을 놓고 가도 살아 돌아갈 수 있다."며 남편은 웃었다.

마음에 두려움을 채우면 할 수 있는 게 별로 없다. 나서 보니 별 게 아니었다.

가장 편한 사이, 부부

○   맨얼굴에 눈곱이 끼고, 이 사이에 고춧가루
가 끼어도 문제가 되지 않던 시절이 있었다. 함께 있
고 싶은 열망으로 결혼해 자식을 낳아 기르며 이리
치이고 저리 치이며 세월이 흐르다 보면, 어디가 허
린지 엉덩인지 구분이 안 가는 아내와, 코를 골고 시
도 때도 없이 방귀탄을 날리는 남편에 익숙해진다.
요즘의 내가 그렇다. '코골이가 이렇게 심한 줄 알았
다면 이 남자와 결혼을 했을까?' 싶게 밤마다 증기기
관차에 동승해야만 하는 괴로움을 누가 알랴? 수면
부족에 시달리다 보니 결국 각방을 쓰게 되었다.

   그런 내게 친구들이 겁을 주었다.

   "각방을 쓰던 어떤 이는 아침에 일어나 남편이 죽
   어 있었는지도 몰랐다지 뭐니?"

그런 무서운 얘기를 들으니 난감했다. 같이 잘 것인가, 각방을 쓸 것인가.

드럼통이 옷을 입고 다닌다며 아내에게 면박을 주는 한 남자가 있었다. 고구마줄기 같은 불평을 쏟아내며 아내 속을 박박 긁는, 그런 남자였다. 다이어트 좀 해라. 얼굴 좀 가꿔라. 밖에 나온 여자들 안 보이냐는 등. 그런 남편의 불평을 아내는 허허 웃고는 늘 받아넘겼다. 남자는 아내를 놀려먹는 재미로 사는 것처럼 보였다.

가끔 심하다 싶을 때도 있었지만, 아내가 웃으면서 넘어가니 그냥 그런가 보다 했다. 어느 날엔가 남편이 "아무래도 예쁜 아내를 다시 얻어야겠어!" 하는 거다. 그러자 아내도 가만있지 않았다.

"나도 다른 남자의 예쁜 아내가 되지 뭐!"

남자가 폭포수 같은 웃음을 쏟아내며 말했다.

"당신이? 당신이? 예쁜 아내가 되겠다고? 아이고! 당신한테 걸릴 남자, 참 안됐다!"

둘의 대화가 심상치 않았다. 결국, 해서는 안 될 말까지를 쏟아내며 싸우기 시작한 부부를 두고 나는 슬그머니 자리를 떴다.

아무리 가까운 사이라도 그렇지, 아내를 무참히 끌어내리던 그 남편이 참 못나 보였다. 자기 얼굴에 침을 뱉는 일이다. 아내에게 자극을 준다고 한 얘기였겠지만 아내의 마음이 오죽했을까. 속 좋기로 소문난 그녀를 능멸하는 남자를 한 대 패 주고 싶던 날이었다.

그녀의 말이 씨가 된 것일까? 그녀는 지금, 남의 아내가 되어 아주 잘산다.

인간행동 심리학자 하잔 박사에 따르면 인간이 열정적 사랑을 지속하는 기간이 대략 30개월이라고 한다. 그렇게 서로 눈에 콩깍지가 끼어 도파민이라는 물질을 왕성히 뿜어내는 시기가 지나면 그 열정이 언제였나 싶게 식는다는 것이다. 결혼 후 3년 이내에 이혼하지 않은 부부가 오래 함께 살 수 있는 이유는 열정적인 사랑 대신에 서로에 대한 신뢰가 그 관계를 지속시키기 때문이란다. 영화 〈봄날은 간다〉에서 유지태가 이영애에게 이렇게 말했던가.

"사랑이 어떻게 변하니?"

그런데 살아 보니 사랑은 변하는 게 당연한 것이더라. 사랑이 영원하지 않다는 걸 3, 40년을 함께 살아온 부부라면, 살면서 백 번 수긍한다. 도파민은커녕, '웬수'라는 말을 후렴구처럼 달고 사는 부부도 있다.

30년 넘게 한 지붕, 한 이불 덮고 살다 보면 부부가 아니라 그냥 가족이 되어 간다. 목젖이 보이게 하품을 하고, 입 냄새에 방귀 폭탄을 연일 투척해도 별 흉이 되지 않는, 서로에게 익숙해진, 가장 편한 사람이 된 것이다. 그게 중년 부부다. 콩깍지가 벗겨지며 상대방의 허물이 내 허물보다 커 보이면 오랜 시간을 함께 살 수 없다.

우리 집 앞 빌라 1층에 살았던 석이 엄마는 아침이면 제일 먼저 골목에 나와 자기 집 앞을 쓸었다. 젊은 엄마가 참 부지런하다며 동네 어른들 칭찬이 입에서 마르지 않았다. 그런데 그 이른 시간에 나오는 석이 엄마는 늘 화장을 한 얼굴이었다. 누구도 석이 엄마의 맨얼굴을 본 적이 없었다. 식사 준비를 하기에도 바쁜 아침, 얼굴에 분을 바르고 골목을 쓰는 여자라니. 비밀을 잔뜩 안고 사는 영화 속 주인공 같았다.

"어쩜 그렇게 부지런해요? 날마다 화장을 그리 곱

게 하고……."

느닷없는 질문에 석이 엄마가 좀 당황한 것 같았다.

"남편은 출근하면 화려한 여자만 보잖아요."

석이 엄마가 말했다.

날마다 가꾸고 나오는 여자들과 직장 생활하는 남편이 꾀죄죄한 아내를 좋아할 리 없다는 게 석이 엄마의 생각이었다. 그런 이야기를 하면서 석이 엄마는 내 머리에서 발끝까지를 찬찬히 훑어 내려갔다.

나는 특별한 날이 아니면 남편이 일어나기 전 화장을 해 본 일이 없다. 그런 아내 옆에서 남편 또한 방귀탄을 날리며 코를 골고 잔다. 코골이가 심한 날엔 각방을 쓴다. 편하다. 가끔은 혼자 침대에 누워 사지를 펴고, 영화 〈박하사탕〉의 설경구 흉내를 내곤 한다.

"나, 돌아~가알~래!"

이렇게 산다. 이 나이에 새 남자를 만나도 3년은커녕 단 한 달도 유지할 자신이 없기 때문이다.

도파민이 주는 황홀함을 느끼고자 늘 새로운 남자를 찾는다면 얼마나 고달플까.

새로운 건 언젠가 헌것이 될 것이라는 내 믿음에는 변함이 없다. 새로운 것만 찾는 사람에게 결코 새로운 것은 없다. 새것을 손에 쥐는 순간 헌것이 되기 때문이다. 늘 새것을 갈구하는 삶, 생각만 해도 지친다.

나는 헌것이 좋다. 가구도 옷도 그릇도, 오래된 것, 낡은 것이 눈에 들어온다. 내 처지 같아 자꾸 들여다보게 된다. 나와 비슷한 것들이 편하다. 사람도 그렇다. 오랜 지기가 좋다. 나의 부족함을 알고 이해해 주는 그 사람의 존재가 나에게 위로가 된다. 마음을 도사리며 조바심내지 않아도 좋고 익숙하니 더 좋다.

열정적인 사랑은 끝났지만 서로의 신뢰가 쌓이고 서로를 측은하게 여기는 마음이 앞서니 서로의 단점도 그리 문제가 되지 않는다.

남편이 일어나기 전 화장을 해야 하고 방귀도 제대로 뀌지 못한다면? 생각만 해도 피곤하다.

지금도 석이 엄마가 뽀얀 분을 바르고 아침마다 남편 얼굴을 대할지 궁금하다.

서로 사랑한다는 것은
한쪽이 다른 쪽을
자신의 색깔로 물들여 버리는 것이 아니다
두 사람의 색깔을 바탕으로 하면서

각자의 색깔을 하나로 융해시킨

또 다른 세계를

저마다의 인생에 더하는 일이다

서로 사랑한다는 것은.

— 오치아이 게이코 「바탕」, 〈오늘 그를 위해 눈물을
흘려 보아라〉, 이정하 엮음

금요일엔 상갓집

○   요즘, 남편이 상갓집엘 너무 자주 간다며
모임에 나온 친구가 말했다. 그 얘기를 듣고 있던 한
친구가 깔깔 웃는다.

"너, 아직 그것도 몰랐니? 금요일 상갓집? 네 남편,
네가 부담스러워 그러는 거야!"

친구가 황당하다며 얼굴을 붉힌다.

"얘, 친구들 앞에서 못 할 말이 뭐 있어? 얘기 좀
해 봐라!"

친구들이 왁자지껄 난리가 났다. 나이가 들수록 웃
을 일이 없다는데, 오랜 친구들과 허물없이 얘기를
터놓다 보면 웃을 일이 참 많다. 나이 들어 좋은 것
중 하나다.

어느 날, 동네 앞 단골 과일 가게 〈해맑음〉에 들르니, 옥자 씨가 과일 정리를 하다 말고 호들갑을 떨며 손을 잡아끌었다.

"오메! 언냐, 어쩌믄 좋아. 내가 고민이 있당께?"

"옥자 씨도 고민을 다 하나 봐!"

"아, 시상에 고민 없는 사람이 워디 있다요?"

"늘 싱글방글하니까 그런 줄 알았지. 고민이 뭔데 그래?"

"아, 글씨 그년이 일을 냈당께."

뭔 일이 있나 싶어 옥자 씨를 따라 가게 안으로 들어가니, 두툼한 손으로 얼굴을 가리며 옥자 씨가 먼저 얼굴을 붉힌다.

"남사시러, 이 일을 워쩐댜!"

"뭔 일인데? 숨넘어가겠네!"

"아, 글씨, 글씨, 그년이, 아이고, 남사시러 워찌 말을 한댜!"

갑자기 옥자 씨가 소리를 낮추며 바깥을 두루 살폈다.

"언냐, 요 옆집, 옆집 호프집 있잖여. 고, 고년이, 아이고!"

"참말로 얘기 듣기도 전에 송장되겄네! 얼른 말해!"

매일 맥주 두 병씩을 들고 와 옥자 씨 가게에서 마신다는 옆집 호프집 여자와 옥자 씨 사이에 무슨 일이 있었던 모양이었다. 원산지 표시도 없는 사투리를 섞어 가며 옥자 씨가 쩔쩔맸다.

"아 글씨, 그년이 저기 선반에 그걸 내던지고 가 버렸당께."

"그게 뭔데?"

"아고 남사시러. 일 났당께. 그걸 찾아야는디 워쩐댜. 그년이 나한티 선물이라고 홀떡 던져 뿔고 가잖여. 큰일이여. 나 그런 것 필요 없는디. 울 서방이 알믄 워쩐댜!"

"구체적으로 말해 봐. 뭐가 어쨌다고?"

"언냐도 참, 그렇게 못 알아듣소? 방귀를 뀌면, 아, 똥 나오는구나! 하고 알아야제. 그것도 모르요?"

"힌트를 좀 줘 봐. 뭔디?"

"그러니께, 그년이 이혼하고 혼자 살다 워찌워찌해서 남자를 만났는디, 그놈이 못 살겄다고 도망갔댜. 그래서 성인 용품점인가 뭔가에 가서 그걸 하나 샀다잖여."

"그게 뭔데?"

"아이고, 진짜 몰러? 그거? 거시기 말여."

"거시기? 거시기가 뭔데? 거시기가 뭔지는 거시기도 모르지?"

"오메, 미치겠네! 거시기를 모르는 사람도 있나벼. 그거, 거시기?"

"그래, 그 거시기가 어찌 되었는데?"

"고년이 도망간 남자 대신 거시기를 샀는데, 저허고 안 맞대! 그래서 그걸 들고 왔잖여. 나헌티 쓰라믄서."

"정말?"

"아, 이 언냐는 내가 워디 실없는 소리 합뗘? 아, 고년이 진짜 미친 것 아녀. 서방 있는 내가 왜 거시기가 필요하냐고 했드만, 필요할 때가 있을 꺼라믄서 쫌 전에 훌떡 던져 두고 갔잖여. 그런디 하필 고것이 저기 저 선반 워디로 떨어졌당께. 워쩌면 좋아. 언냐, 혹시 거시기 안 필요혀?"

"어쩐다! 나도 서방이 있응께 필요 없는디?"

"언냐, 지금 웃을 일이 아니당께. 농담이 아니당께요! 우리 서방이 물건 내리다 선반에서 고것이 나오믄 어쩌겠어. 내가 그런 거 숨겨 놓고 쓴 줄 알 것 아녀."

"당신이 금요일에 상갓집엘 자주 가서 하나 장만

했다고 하믄 되지!"

"언냐가 고걸 워찌 알았댜? 울 서방 금요일마다 상
갓집 가는 거?"

"걍 알았지롱!"

"워메, 이 언냐 귀신이네 그랴. 그래도 나 거시기는
안 쏠랑께. 워디 필요한 사람 없을랑가?"

"인터넷에 올려 줄까? 거시기가 필요한 분 〈해맑
음〉 과일 가게로 오세요. 선착순!"

"참말로 남 속타는 줄 모르고 놀리네그랴. 내가 저
놈의 거시기 땜시 오늘부터 큰일이여."

"뭐 어때! 든든하겠구먼. 어떤 마을에는 엄청 큰
거시기를 만들어 마을 입구에 턱 세워 두기도 하
는데."

"워메 워메, 어디 그거하고 같다요? 고건 마을을
지키는 것이라 안 허요."

"그러니까 좋은 거지. 〈해맑음〉 과일 가게를 지키
는 거시기! 딱 좋네! 입구에 거시기를 세워 둘 수
는 없으니까 걍 선반에 둬. 그 덕에 곧 세 번째 가
게도 내겠고만!"

"아이고! 언냐 줄 텡께 장롱 속에 두쇼. 언냐도 집
한 채 살지 아요? 아무래도 안 되겄어. 내가 고걸

찾아 그년 술통에 던져 두고 와야제."

옥자 씨는 그날 이후 좀 속내를 털어놓는 단골이
라면 가게 안으로 끌고 들어가 물었다.

"혹시 거시기 안 필요혀?"

그녀의 단골들은 하나같이 손사래를 치며 도망갔
다. 그럼에도 여전히 가게를 들락거리며 '거시기'의
안부를 물었다.

"워쩐댜 옥자 씨, 거시기를!"

하면서 말이다.

주말엔 주방 폐업

○   팔순이 넘어선 우리 친정 엄마가 갑자기 그
러셨다.

"이놈의 팔자, 평생 부엌 일만 하다 고꾸라져 죽겠
다!"

그 나이까지 매끼니 반찬 걱정을 해야 하는 당신
신세가 기가 막히셨던 모양이다. 하긴 여전히 팔팔
한 아흔 다 된 남편 수발이 쉬울 리가 없지.

시부모에 여섯 자식들 삼시 세끼를 꼬박꼬박 챙기
며 살았던 엄마는 시부모가 세상을 떠나고 자식들이
성장해 집을 떠났건만 그 일을 계속하고 계신다.

음식점 음식은 조미료 맛이라며 집 밖 음식을 싫
어하셨던 게 우리 엄마다. 부엌일 육십 년이면 지겨
울 법도 하지. 나라면 벌써 오래전에 두 손 두 발 다

들었을 거다. 그랬던 엄마가 요즘 들어 여자들이 부엌에서 골병이 다 들었다며 음식점 음식을 꽤 즐기신다. 참 많이 변하셨다.

세상에서 가장 싫은 일이 집에서 끼니를 챙기는 일이라는 김 시인. 그녀는 포만감과 영양까지 만족시킬 수 있는 알약을 만들지 않는 과학자들의 게으름을 탓하며 여전히 그런 약을 기다리는 중이다. 끼니마다 무얼 준비해 먹을까 하는 문제로 남편과 자꾸 다투게 되어, 요즘은 아예 집 밖 음식을 사 먹는 일이 늘었단다. 두 식구 식사를 위해 식재료를 준비하는 것보다 오히려 경제적이라며, 내게 집 밖 음식을 적극 추천한다.

주말이면 주방을 닫고 가족들 끼니를 자유롭게 한다는 지인은, 주말만큼은 주방에서 해방이 되었다며 좋아했다. 내내 바깥음식을 먹다가 주말이야말로 '집밥'을 먹고 싶다고 했을 법도 한데, 남편도 다 큰 아이들도 군소리 없이 받아들였다 한다. 놀랍다.

그 얘기를 듣고 남편이 설거지통에 있던 그릇을 씻는다. 요리에 자신이 없으니 설거지라도 하겠다는 것이다. 지인처럼 나도 언젠가 주방 문을 닫는 날이 올지 모르니 마음의 준비를 해 두라고 말했다. 막상 그때가 오면 당황하지 않게 요리 학원 수강증이라도 끊어 주어야 하는 걸까?

은퇴 후에 요리 학원에 다니며 요리 배우는 재미에 푹 빠졌다는 남편 친구가 있다.

"이렇게 즐거운 일을 왜 아내가 싫어하는지 모르겠다."며, 요리는 "노동이 아니라 예술"이라는 말까지 했다고 한다. 그런 남편 친구의 초대를 받고 저녁을 먹으러 갔다. 자신이 개발한 레시피로 만들었다며 해물파스타를 내놓았는데, 파스타를 별로 좋아하지 않는 남편이 그 파스타 맛에 폭 빠졌다. 친구의 요리에 대한 칭찬도 모자라 레시피까지 받고 돌아와 꼭 만들어 볼 거라고 큰소리를 쳤는데, 아직도 파스타 면을 사러 가자는 말이 없다.

남자들이 요리를 하면 왜 특별한지 모르겠다. 텔레비전에 등장하는 유명하다는 셰프는 죄다 남자들이고, 집밥 요리 방송으로 유명세를 타 돈을 많이 번다는 이도 남자다. 여자가 하는 요리는 별 특별한 게 없고 너무 일상적이어서 주목받지 못하는 것일까?

그동안 주방은 여성들만의 공간이라는 생각이 지배적이었다. 우리 시할머니는 고산 윤선도 집안 출신이시다. 아들이 부엌에 들어가는 날엔 딸들에게 불호령을 내리셨다고 한다.

"남자가 부엌에 들어가면 고추가 떨어진다."

그런 말을 믿고 살았던 분이다. 그런 분 밑에서 시어머니는 평생 부엌데기로 살다 돌아가셨다. 삼시 세끼, 아내를 의지해 살아온 시아버지는 시어머니가 돌아가시자 큰 곤란을 겪으셨다. 끼니를 책임져 주던 아내가 없으니 또 누군가 끼니를 감당해 주어야 했기 때문이다.

포만감과 영양을 한꺼번에 해결할 수 있는 알약이 있다면 끼니 문제로 누군가에게 의지해 살지 않아도 될 텐데……. 물론 알약 따위가 절대로 '먹는 즐거움'을 대신할 수는 없다. 하지만 끼니 문제로 어려움을 겪고 있는 남자라면 알약 같은 대체 음식이 필요하지 않을까. 남자도 자신의 끼니 정도는 해결할 수 있도록 주방 문턱이 낮아진다면 얼마나 좋을까.

주방이 여자들만의 공간이 아니라는 건 미국에서 살아 보고서야 알았다. 남편과 쇼핑 카트를 끌고 마트에 나와 장을 보고, 함께 음식을 만들어 먹고, 설거지도 나눠 하는 미국인의 생활 방식이 새롭고 낯설었지만 보기에 좋았다. 그것이 평등이고 사랑이라는 생각을 오랫동안 지울 수 없었다.

그런데 우리 현실은 그렇지 않다. 텔레비전 주방 가전 광고에는 냉장고에서 갓 꺼낸 김치를 아삭아삭 씹는 남자 배우가 등장해 주부들의 냉장고 구매를 부추긴다. 김치를 맛있게 먹는 건 남자고, 김치를 담아 냉장고에 잘 관리해야 하는 건 여자여야 하는 것처럼 말이다.

'오늘은 또 뭐 해 먹나?' 고민하는 주부가 어디 한 둘일까. 텔레비전에서는 요리를 뚝딱 해낼 수 있는 다양한 강좌가 유행이고, 문화센터 요리 강좌에는 남성을 위한 요리 교실이 인기란다. 그렇다 해도 많은 주부들에게 끼니란 여전히 숙제다. 어쩌다 한 번 요리를 이벤트처럼 해내도 칭찬받는 남자들과는 달리, 여자들의 삼시 세끼는 365일, 칭찬해 주는 사람도 없이 묵묵히 해내야 하는 일이기 때문이다.

주말에 주방 폐업을 하지 않고, 삼시 세끼 끼니 문제로 과학자들의 게으름을 탓하지 않을 수 있는 날이 언제쯤 올까?

제발, 남편 친구가 준 파스타 레시피가 휴지통에 들어가지 않기를!

2부

우리 참
멋진 중년이지?

썩을 년, 옥자 씨

○　　　옥자 씨 과일 가게, 〈해맑음〉에는 언제나 손님이 붐볐다. 복작거리는 가게를 볼 때마다 나는 괜히 기분이 좋아져 과일을 사건 안 사건 참새가 방앗간 드나들듯 들락거렸다.

옥자 씨는 비가 오나 눈이 오나 바람이 부나 늘 싱글방글이었다. 나이와는 상관없는 미소, 특히 옥자 씨의 구성진 사투리와 분주함은 따뜻하고 활기에 차 있어 늘 위로가 되었다. 처음 본 사람과도 금방 친해져 언니, 동생, 이모가 되어 단시간에 '패밀리'로 만드는 놀라운 친화력, 수더분한 성격이 부러웠다.

어느 날, 옥자 씨 가게가 2호점을 냈다는 소식이 전해졌다. 사람들은 누구랄 것 없이 진심으로 옥자 씨를 축하해 주었다. 길 건너 대형 마트 주인마저 축하 화분을 보낸 걸 보면, 옥자 씨가 골목 스타인 것은 분명한 사실이었다.

옥자 씨는 누구에게나 친절했다. 과일 한 개를 사면 두 개를 주었고, 두 개를 사면 세 개를 얹어 주는 바람에 미안한 게 한두 번이 아니었다.

"이렇게 퍼 주다 뭐가 남아?"

"그래도 남옹께!"

옥자 씨의 대답은 아주 간단했다. 그래도 남으니까 가게 문을 닫지 않는다는 것이다. 〈해맑음〉 과일 가게에 한 번이라도 들른 사람들은 단골이 되는 경우가 많았다.

"언냐. 뭐가 그리 바빠? 참외 하나 먹고 가!"

옥자 씨는 가는 사람을 불러들여 뭐라도 꼭 입에 넣어 주곤 했다. 셈을 하거나 별로 따지지 않는 통 큰 여자에다 한 번 본 사람은 꼭 단골로 만드는 친화력은 그 누구도 따라갈 수 없을 것이다.

옥자 씨의 많은 장점 중에서도 최대 장점은 무거운 입이었다. 아무리 단골들이 들락거리며 누구누구네 집 얘기를 하고 흉을 봐도 말을 옮기지 않는 무거운 입, 그러다 보니 단골들은 옥자 씨네 가게에 들락거리며 집안 얘기를 쉽게 풀어놓았다. 그런 어느 날,

옥자 씨가 말했다.

"언냐, 대나무 숲에라도 가야 할까 벼. 항아리가 꽉
　차 도저히 못 참겠네!"

　대나무 숲에라도 가서 소리치고 싶다는 옥자 씨.
얼마나 힘들었으면! 참 안됐다 싶었다.

　옥자 씨가 이 사람 얘기 저 사람에게 흘리고, 저 사
람 얘기 이 사람에게 흘렸다면 어찌 되었을까. 아마,
동네 사람들은 서로 치고 받고 싸우느라 과일 가게
가 온전치 못했을 것이다.

　옥자 씨의 과일 가게 앞에는 발달장애가 있는 순
이 씨가 산나물을 뜯어 와 팔고, 손자 둘을 키우는
기영이 할머니도 텃밭에서 기른 채소를 내다 팔았
다. 모두 옥자 씨의 배려였다.

"아이고, 내가 남의 둥지 빼앗아 새끼 키우는 뻐꾸
기 같아 미안혀."

　기영이 할머니는 옥자 씨에게 늘 미안해했다.

"그런 소리 말어, 할매! 가게에 사람들이 드나듬께
여기가 딱 좋아. 한 줌이라도 더 팔 수 있제. 안 그
려요, 할매? 채소도 사고 과일도 사고! 할매가 울
가게 앞에서 장사를 하니 내가 더 좋잖여."

기영이 할매에게 옥자 씨가 늘 하는 말이다.

장사가 끝난 뒤, 푸성귀를 가게 안에 슬쩍 밀어 넣고 휘청휘청 가는 기영이 할매 뒤로 옥자 씨는 늘 소리친다.

"할매, 그러믄 안 된당께!"

순이 씨도 돈 삼천 원을 슬그머니 과일 사이에 끼워 둔다.

"오메, 이건 또 뭐다냐?"

"가게세여. 미안혀서."

순이 씨의 말이 채 끝나기도 전 옥자 씨가 눈을 부라린다.

"썩을 년! 어여 못 넣어!"

부지깽이로도 못 쓸 서방이라며 순이 씨 남편의 무능력을 탓하던 옥자 씨가 순이 씨 사정을 빤히 알고 하는 말일 것이다.

"이거 가져다 먹어. 오늘 안 팔면 썩을 것들이여."

멀쩡한 토마토 한 바구니를 비닐봉지에 담아 주며 옥자 씨가 순이 씨 등을 도닥거렸다.

"썩을 년! 또 눈물여? 질질 짜니 서방한테 얻어터지지."

푸르뎅뎅한 순이 씨의 눈 밑 멍자국을 옥자 씨가

모를 리 없다.

순이 씨를 담금질할 때마다 옥자 씨는 "썩을 년!"을 반복했다. 그런 옥자 씨의 지청구에 인상 한 번 찌푸리지 않은 순이 씨. 순이 씨도 옥자 씨의 마음을 다 알고 있는 것 같았다.

어느 날, 옥자 씨에게 물었다.

"왜, 순이 씨한테 자꾸 썩을 년이라고 해?"

장애가 있는 사람에게 "썩을 년"이라고 욕해도 괜찮을지, 염려되어 한 말이었다.

"언냐, 그게 궁금혀?"

"그래도 그렇지. 썩을 년이 뭐여, 썩을 년이?"

"우리 엄마가 어려서부터 내게 어찌나 '썩을 년!' '썩을 년!' 해댔는지, 나는 어느 순간부터 진짜 내가 썩을 줄 알았제. 진짜 썩을까 봐 걱정을 많이 했당께. 안 썩을라고 엄청 애썼당께. 워찌워찌 해서 결혼하고 과일 가게를 시작했는디, 과일이라는 게 그러잖여. 오늘 못 팔면 내일 팔 수 있는 게 아니더라고. 썩어 뿔면 못 팡께. 썩기 전에 막 담아 주제. 그라믄 썩어 못 먹는 과일은 없응께. 과일도 썩기는 싫컷제? 이 세상 썩고 자픈 것들이 워디 있겄어. 나도 썩지 않을라고 발버둥 치다 봉께 과일 가

게가 두 개나 되었당께. 왜 이리 가게가 잘 되는지
나도 잘 몰러. 히히!"

옥자 씨에게 그런 아픔이 있는 줄 몰랐다. 친정 엄
마의 '썩을 년' 덕에 가게가 두 개나 된 거라고 믿고
사는 옥자 씨니, 말끝마다 붙이는 "썩을 년!" 소리는
욕이 아니라 기도인 셈이다. 그런 마음을 알고 있어
서 옥자 씨가 순이 씨에게 "썩을 년!" 할 때마다 순이
씨가 웃었던 걸까? 순이 씨도 옥자 씨처럼 썩지 않고
채소 가게라도 하나 냈으면 좋겠다.

새엄마가 필요해

○   '새엄마' 하면 동화에 등장하는 '콩쥐'나 '신데렐라'의 계모가 먼저 떠오른다. 의붓딸에게 혹독한 시련을 안겨 주는 새엄마. 이야기 속에서 새엄마는 늘 악역이다. 아버지와 딸 사이를 이간질하고 계략을 꾸며 의붓딸을 쫓아내는 여자. 어디 그뿐인가. 독사과를 먹이는 새엄마가 있는가 하면, 음모를 꾸며 의붓딸을 죽게 만드는 새엄마까지……, 사악하기 그지없다. 그런 동화를 읽고 자란 아이들은 새엄마에 대해 부정적일 수밖에 없다.

내 아이들 또한 그랬다. 새엄마는 마녀이거나 의붓딸을 괴롭히는 나쁜 엄마라는 이미지를 갖고 있었기 때문에 공포의 대상이기도 했다. 말을 듣지 않는 아이들에게 "이럴 거면 새엄마랑 살지 그래?"라는 말을 해 아이들을 공포에 떨게 한 적도 있다. 아이들은 그 말을 정말 무서워했다.

어린 시절 잠시 부모와 떨어져 조부모와 보낸 나 또한 그랬다. 분명 새엄마일 것이라며, 엄마를 원망했다. 연극 〈콩쥐팥쥐〉와 〈장화홍련전〉을 봤기 때문이기도 했다.

'새엄마는 나쁘다'는 편견은 인류 전체가 갖고 있는 선입견이라 쉽게 변할 수 있는 게 아니다.

그러던 어느 날, 새엄마에 대한 편견을 뒤엎은 여인이 등장했다. 옆집 할머니네 새 며느리였다. 다섯 살, 여섯 살 된 손녀딸을 기르고 있던 할머니에게 새 며느리가 들어왔다. 네 살 된 딸아이를 데리고 들어온 새 며느리, 팔순이 넘은 할머니는 그런 며느리가 고맙다고 했다. 새 며느리는 들어오자마자 아들을 낳았고, 세 딸에 아들까지 키우며, 피아노 레슨까지 하는 억척이었다.

사람들은 수군거렸다. 미모에 경제력까지 갖춘 여자가 변변찮은 직업에 애가 둘이나 딸린 남자 집에 들어오다니. 무슨 꿍꿍이가 있는 게 분명하다는 것이다. 할머니가 빌라를 한 동 가지고 세를 받고 있으니 노인네가 세상을 뜨면 재산을 모두 차지할 것이라며 며느리의 일거수일투족에 현미경을 들이댔다.

오늘은 데려온 딸만 데리고 외출했고, 의붓딸에게 무슨 옷을 입혔으며, 아이들의 표정이 어떻다, 다 감시하며 시시콜콜 참견했다. 어떤 이웃은 아이들에게 "새엄마가 구박해도 잘 참으라"며 먹을 걸 들려 주기도 했고, 새엄마가 아이들을 때렸을 것이라며 아이들 몸수색까지 서슴지 않았다. 할머니 몰래 돈을 빼내 야반도주할 것이라며 며느리를 감시하는 일도 게을리 하지 않았다.

사람들의 불신을 의식했던 할머니는 새 며느리에 대한 칭찬을 그치지 않았다. 아이들에게 얼마나 잘하는지, 얼마나 부지런한지, 살림을 얼마나 잘하는지를 연일 강조했다. 할머니가 그렇게 새 며느리에 대한 칭찬을 쏟아내도 좀체 사람들의 시선은 바뀔 줄 몰랐다. 사람들은 새 며느리가 아이 넷을 두고 혹시 집이라도 나갈까 봐 할머니가 미리 배수진을 치는 것이라며, 모이기만 하면 할머니와 새 며느리에 대한 얘기뿐이었다.

나 또한 작은 방 창을 빼꼼 열고 새 며느리의 방을 종종 엿보았다. 새 며느리가 보따리를 싸 도망가는 상상을 하면서 말이다. 하지만 그런 일은 일어나지 않았다. 아이들의 웃음소리와 피아노 소리가 오후 내내 들렸다. 애들 엄마는 초등학교 1학년이 된 의붓딸에게 피아노를 가르치기 시작했고 레슨이 끝나면 쇼팽의 피아노 소나타를 자주 연주했다. 나는 연주를 듣고자 창문을 활짝 열어 두곤 했다. 그녀가 어느 날 우리 집을 방문했다. 뜻밖이었다. 현관문만 열고 성큼 한 발자국 내디디면 닿을 수 있는 이웃인데도 그저 눈인사만 나누고 있던 참이었다. 키가 훤칠하고, 가까이서 보니 생각보다 더 미인이었다.

"좀 도와주실 수 있을까 해서요."

애들 엄마는 그렇게 나에게 도움을 청했다.

의붓딸 첫째가 밤마다 이불에 오줌을 싼다는 것이다. 초등학교에 들어가면 나아지겠거니 했건만 여전하단다. 이불 빨래는 둘째고, 야단을 치는 게 어렵다는 것이다. 엄마 없이 자란 아이라 안쓰러운 마음이 앞서 쉽게 야단을 칠 수 없고, 설령 야단을 치려 해도 새엄마라는 꼬리표 때문에 쉽지가 않단다. 참 사정이 딱했다.

"밖에서 사람들이 저에 대해 말이 많은 것 다 알아요. 새엄마란 딱지가 감당해야 할 게 많다는 걸 알았지만 생각보다 힘이 드네요. 하지만 잘 해낼 거예요."

남편과 사별 후 딸아이에게 아빠가 있어야겠다고 생각했고, 어린 두 딸을 키우고 있다는 형부 친구 얘기를 듣고 재혼을 결심했단다. 그녀의 용기와 선한 마음에 끌려 나는 시간 가는 줄 모르고 얘기를 나누었다.

애들 엄마는 아이들 교육에 대해서도 도움을 청했다. 친엄마가 될 수는 없겠지만 의붓딸들을 잘 키우고 싶어 했다.

"마음의 저울추가 기울지 않게 똑같이 대하려고요."

그 결심 그대로, 애들 엄마는 아이들에 대해 늘 공평했다. 자신이 낳은 아이와 다르지 않게 전처의 아이들을 교육시키고 야단쳤다. 그렇게 20년 넘게 피아노 레슨을 해 아이들을 키웠다.

"주위의 눈총이 힘들고 무서워서 포기하고 싶을 때도 있었어요. 그렇지만 내가 떠났다면 아이들이 또 상처를 입었을 거예요. 아이들이 잘 자라 주어 고마워요."

아이들 잘 커 준 것이 무엇보다 보람 있다고 말했던 그녀.

그랬던 그녀가 어이없이 세상을 떠났다. 송년회 하

느라 노래방에 갔는데, 어지럽다며 소파에 누워서는 다시 일어나지 못했다. 속절없는 삶이다. 심장 혈관이 막혔단다. 얼마나 참고 견디었으면 혈관이 다 막혔을까. 별 생각이 다 들었다. 다시는 그녀의 피아노 소나타를 듣지 못한다고 생각하니 슬픔이 몰려왔다.

삼십 대에 두 아이의 새엄마로 들어온 그녀를 보려고 나는 종종 작은 방 창을 열어 두었고, 마음 안에 팥쥐 엄마를 숨겨 두고 그녀를 살피곤 했다. 그녀가 의붓딸을 두고 집을 나가지 않을까 마음을 졸였다. 새엄마에게 두 아이들이 또 상처를 받을까 조마조마했다. 하지만 옆집 새엄마는 그 동네 누구보다도 아이들을 사랑했고, 잘 키워 냈다.

한 집 걸러 이혼이라는 말이 나돌 만큼 재혼 가정이 늘고 있다. 새 가정이 늘어나는 만큼 새엄마가 많아졌지만, 여전히 우리 사회는 새엄마에 대해 색안경을 끼고 바라보는 경우가 많다. 나도 그랬으니까. 하지만 엄마가 필요한 아이들에게 '참엄마'가 되어 주는 '새엄마'도 많다는 것을 알았으면 좋겠다.

헤아린다는 것

○   오랜만에 농수산시장에 들렀다가 준석이
엄마를 만났다. 20년 전, 야시장에 천막을 치고 채소
를 팔았던 준석 엄마는 여전히 채소 장사를 하고 있
었다. 화장기 없는 얼굴에 단발머리 그대로였다. 반
가움도 잠시, 손님들이 밀려오는 바람에 우리는 긴
얘기를 나누지 못하고 헤어졌다. 예전에도 준석 엄
마의 채소 가게는 늘 만원이었다. 준석 엄마의 소탈
한 성격과 넉넉한 인심 때문에 사람들은 그녀를 좋
아했다. 나 또한 그중 하나였지만, 정작 내 마음을 사
로잡았던 건 그녀의 아들 준석이었다.

초등학교 5학년이었던 준석이는 학교에 다녀오면
엄마의 채소 배달을 돕곤 했다. 학원에 가거나 놀기
에 바빴을 또래 아이들과 달리 자전거에 배추며 무

를 신고 배달하던 준석이. 그런 준석이를 볼 때마다 늘 애처로웠다. 그런데 누가 시켜서 하는 일이 아니라 일찍 철이 든 것이라고 어느 날 준석이 엄마가 귀띔해 주었다.

당시, 가정 형편이 좀 어려운 아이들과 독서 프로그램을 진행하고 있던 나는 준석이도 같이하자고 했다. 준석이도 엄마도 좋아했다. 책을 읽고 생각을 나누며 글을 쓰는 작업을 준석이는 참 좋아했다. 준석이 엄마는 감자며 고구마 박스를 문앞에 몰래 두고 가곤 했다. 그렇게 일 년 반쯤 지났을까. 준석이는 더 이상 오지 않았다. 백혈병 때문이었다. 준석이는 항암 치료를 시작했고, 준석 엄마는 채소 가게를 닫고 준석이 간호에 매달렸다.

어느 날, 항암 치료를 마친 준석이는 민머리에 모자를 쓰고 돌아왔지만 독서 프로그램에 다시 참여하지 못했다. 내가 해 줄 수 있는 건 준석이에게 책을 보내 주거나 고작 준석이가 좋아하는 고추장 불고기를 재워다 주는 일뿐이었다. 하지만 병세가 악화된 준석이는 항암 치료를 반복했고, 골수 이식을 받기만을 기다리며 병원에서 중학생이 되었다. 그때쯤 내가 멀리 이사를 가면서 준석이의 소식을 듣지 못

했다.

이후 20년이 흘러서야 준석 엄마를 만났다. 준석 엄마를 보자마자 준석이에 대해 묻고 싶었지만 차마 묻지 못했다. 누군가는 준석이가 세상을 떴다 하고, 누군가는 병이 나아 건강해졌다고 했기 때문이다. 나는 그저 엄마의 채소를 배달하고 글쓰기를 좋아했던 순수한 소년 준석이가 청년이 되어 이 세상 어딘가에 건강하게 살고 있을 것이라고 믿기로 했다.

설령 준석이가 세상을 떠나 준석 엄마에게 깊은 슬픔이 자리하고 있다 해도 준석 엄마가 여전히 채소 장사를 하고 사람들과 부대끼며 건강한 웃음을 잃지 않고 있다는 것, 얼마나 다행인가. 그렇게 살고 있는 준석 엄마를 본 것만으로도 충분했다.

초등학교에 다니던 딸을 잃은 시누이 앞에서 나는 내 딸 이야기를 쉽게 할 수가 없다. 영원히 딱지가 앉을 수 없는 상처를 가지고 있는 시누이 마음을 헤집는 것 같아서다. 가끔 시누이가 내 딸의 나이를 묻고 안부를 물을 때면 가슴에 돌덩어리 하나가 쿵 떨어지는 것 같다. 시누이의 밑바닥 슬픔까지를 온전히 끌어안을 수는 없겠지만 시누이 앞에서만은 나에게 딸이 없는 것처럼 지낸다.

상처 하나 없는 사람이 이 세상 어디 있을까만 자식을 잃은 부모만큼 아픈 사람이 어디 있을까. 그 고통의 무게를 가늠한다는 것은 자식을 잃은 부모가 되어 보지 않고는 불가능한 일일 것이다. 어떻게 그 상처의 깊이를 헤아릴 수 있을까?

내 친구 아들은 3년 동안 공무원 시험을 준비하다 생을 마감했다. 그 친구를 위로 방문한 자리에서 한 친구가 아들이 취업을 했다고 자랑한 적이 있었다. 어찌 그리 무심할 수 있을까. 뒤통수를 한 대 팍 쳐 주고 싶었다.

중년이 되면 누구나 지워지지 않을 상처 하나쯤은 가지고 살아간다. 드러내지 않을 뿐, 깊은 밤 잠 못 이루고 눈물을 쏟아야만 견뎌낼 수 있는 아픔 말이다. 부모를 잃고 자식을 잃고, 소중한 그 무엇을 잃은 사람들은 맨살을 칼로 베이고, 마른 장작개비가 불에 타는 듯한 아픔을 느끼기도 한다. 나에게도 그런 아픔이 있다.

나는 내가 타인의 고통을 헤아릴 수 있는 사람이길 바란다. 위로를 건넬 수 있는 사이라면 따뜻한 위로를 건네고, 그렇지 못할 경우 최소한 침묵으로 타인의 상처를 건드리지 않는 사람이 되고 싶다. 마더 테레사는 "기도 중 가장 큰 기도는 침묵의 기도"라 하지 않았던가.

상처가 없는 것처럼 웃는 준석 엄마, 내 시누이와 친구가 에쿠니 가오리의 말처럼, '하나의 상처에 너무 오래 머물지 않기를.'

상처를 가진 모든 이들이 누군가로 인해 상처에 더 이상 덧나지 않았으면 좋겠다.

장미란 씨,
이제 그만 내려놓아요

○   어느 날, 퇴근한 남편이 엄청난 뉴스가 있
다며 뜸을 들였다.

"그 여자 말이야, 며느리래. 엘리베이터를 같이 탔
는데, 내가 물었지!"

"어떻게 며느리가 그럴 수 있어?"

나는 며느리가 할 수 있는 일이 아니라며 놀랐고,
남편 또한 믿을 수 없다는 표정이었다.

아침저녁으로 노인을 부축해 엘리베이터를 오르
내리는 그 여자를 두고 우리는 늘 궁금해했다. 딸이
치매에 걸린 친정 어머니를 모신다고 생각했다. 노
인을 대하는 태도가 너무 살가웠기 때문이다.

"엄마, 오늘도 꼭 그림 그려 와야 해, 알았지?"

노인의 허리를 꼭 끌어안고 당부하는 모습이 어찌

나 살갑고 다정한지, 당연히 딸이라고 생각할 수밖에 없었다.

아침마다 곱게 단장한 노인을 부축해 엘리베이터를 타고 내려가 〈시립노인복지센터〉 차에 태웠고, 오후가 되면 오는 차를 기다렸다가 노인을 맞이하곤 했다. 주말이면 휠체어를 태우거나 부축해 아파트 주변을 산책하곤 했다. 저런 효녀를 두었으니, 할머니는 참 복도 많은 분이라고 생각해 왔다. 그런데 며느리라니.

"요즘에도 저런 딸이 있네?"

남편이 감탄할 때마다, "당신은 어떤 딸이야?" 하고 묻는 것 같아 뒤가 켕겼는데 며느리였다니 더더욱 할 말이 없었다.

"딸이라도 그리 못 할 거야."

친정 엄마에게 용돈을 보내고 전화 거는 일로 할 일을 다 했다고 생각해 오던 내가 할 수 있는 말이란 고작 그것이었다.

"요즘 며느리가 치매 걸린 시어머니를 그렇게 돌볼 수 있나? 당신은 시어머니가 안 계시니 그럴 일은 없지."

"그 말에 왠지 가시가 있네?"

남편이 피식 웃었다.

"돈이 많으신가? 그렇지 않고서야……."

치매에 걸린 시어머니를 지극정성 보살피는 며느리를 두고 우리는 별의별 추측을 다 하기 시작했다.

"간혹 유산이 많은 노인들은 며느리에게 그런 대접을 받기도 해. 다른 형제들에게 재산을 주지 않으려고 집에서 보살피는 거지. 유산 문제로 법정에 나오는 자식들이 한둘 아니거든."

남편의 말을 듣고 보니 그럴 것 같기도 했다. 아무튼 치매 걸린 노인을 집에서 돌보는 자식들이 드문 세상이니, 분명히 우리가 모르는 특별한 목적이 있는 것이라고만 생각했다. 그렇게라도 생각해야 우리들에게 면죄부가 생길 것 같았다.

딸이 아니라 며느리라는 걸 알게 된 후, 얼마나 지났을까? 퇴직하고 시간이 많아진 후배랑 〈돌 박물관〉에 가기로 한 날이었다. 약속 시간 때문에 허둥지둥 엘리베이터를 탔는데 마침, 그 며느리가 타고 있었다.

"안녕하세요? 할머니는 잘 계시죠?"

먼저 인사를 건넸다.

"어머니, 시설에 계세요. 일주일쯤 되었네요."

시설? 놀라운 소식이었다.

"그러셨구나……. 근데, 어디 가세요?"

치료 받으러 가는 길이란다.

"팔을 못 쓰게 되었어요."

"그간 시어머니 돌보느라 많이 힘드셨죠?"

어쩌다 시어머니를 시설에 모신 거냐고 묻고 싶었지만, 차마 묻지 못하고 위로 차 건넨 말이었다.

"가정집에서 치매 노인을 몇 분 돌보는데 믿을 만한 곳이네요. 잘 적응하고 계시긴 한다지만 마음이 편치 않아요."

1층에 내렸는데도 며느리의 이야기는 끝나지 않았다. 약속 시간이 다 됐는데, 자리를 떠날 수가 없었다.

"남편이 셋째인데, 저희가 부모님 모신 지 20년 되었어요. 아버님이 7년 전 돌아가셨고, 어머님 치매에 걸린 지 5년째예요. 형제들이 시설에 보내자고 했지만 안쓰러워 차마 보낼 수 없었죠. 쉬운 일은 아니지만, 살아 계시는 동안만이라도 최고로 대접해 드리려고요. 그러다 보니 아이들과 남편 불만이 많죠. 어머니한테만 잘하고 자기들은 찬밥이라네요. 하지만 어머니가 아무리 오래 사신다 해도 애나 남편보다 오래 사시겠어요? 그걸 생각하면 더 잘해 드려야죠. 그러니 뭐든 좋은 걸 드리고 싶죠. 파마 약도 좋은 걸 쓰고, 옷도 좋은 걸로 사요. 아침마다 화장도 곱게 해 드리고요."

"그래서 할머니가 그리 고우셨군요."

"아침마다 세 시간은 준비할 걸요. 체격은 크신데 몸을 잘 움직이지 못하니 씻기고 먹이고 화장에 옷 입히는 데 시간이 많이 걸려요. 그런데 요즘 제가 오른팔을 움직일 수 없게 되었어요. 한 달 정도 치료를 해야 한대서 형제들에게 도움을 청했지만 잘 안 됐어요. 방학인 시누이가 모셔 갔다 일주일 만에 다시 모셔 왔더라고요. 달리 방법이 없어 이리저리 수소문해 가정 보호 시설에 모신 거예요. 팔 치료가 되면 모셔 올 생각이에요."

얘기가 좀체 끝날 것 같지 않았다. 이미 약속 시간은 20분이나 지나 있었다.

"어딜 가시는 길인가요?"

눈치를 챘는지, 그녀가 물었다.

"아, 후배와 〈돌 박물관〉에 가기로 했거든요. 한 달에 한 번씩, 재미난 데 다녀 보기로 해서……."

"〈돌 박물관〉이라니, 그런 곳이 있어요? 처음 들어

요. 저도 좀 데리고 다니시면 안 돼요?"

"물론이죠. 다음엔 꼭 같이 가요."

"저 14층에 살아요. 이름이 장미란이에요. 역도 선
수 장미란 아시죠? 기억하기 좋아요. 언제 식사라
도 같이 해요."

"꼭 그러자고요, 우리!"

얘기를 하고 싶었다는 그녀. 그녀를 두고 막 돌아
서는데 왠지 모를 슬픔이 밀려왔다.

역도 선수 장미란도 역기를 내려놓고 후배를 키우
는 중이라는데 14층 장미란 씨도 이제 좀 덜 무겁게
살았으면 좋겠다 싶어, 그녀를 향해 소리쳤다.

"장미란씨, 이제 그만 내려놓아요!"

선영이네 가계부는
노랑 고무줄

○   선영이네가 내가 살던 집 맞은편 다세대 빌라에 이사를 온 것은 이십 년 전이었다. 초등학교 1학년 딸, 일곱 살 유치원생 아들이 있었는데, 올망졸망한 또래 아이들로 가득했던 골목 안에서, 그 집 아이들은 유독 키가 크고 건강해 보였다.

좀 널따란 베란다를 두고 있었던 우리 집은 골목 하나를 두고 선영이네와 마주 보고 있었는데 그 집 아이들은 발코니 난간에 턱을 괴고 늘 우리 집을 빤히 들여다보곤 했다. 한 번씩 눈이 마주칠 때마다 좀 민망하고, 부담스러웠다. 놀 곳이 마땅치 않았던 다세대 빌라인지라 베란다가 있는 우리 집이 좀 부러웠던 것일까? 우리 아이들과 나이 차가 좀 나서, 아이들끼리 어울리기도 힘든 상황이었다.

뭐라도 먹을 게 있을 때면 아이들을 향해 손짓을 했는데, 아이들은 기다렸다는 듯 빛의 속도로 건너 왔다. 아이들이 우리 집에 놀러 올 때마다 선영 엄마는 미안하다는 말을 달고 살았다.

그런 선영 엄마가 어느 날 옷 한 벌을 빌려 달라며 찾아왔다. 친정 엄마 회갑에 가야 하는데 마땅히 입고 갈 만한 옷이 없다는 것이다. 나 또한 입을 만한 게 변변치 않았는데 일부러 거절하는 것처럼 보일까 봐 장롱을 열어 보였다. 그런데도 선영 엄마는 취향에 맞는 옷이라며 옷 한 벌을 챙겨 들었다.

"친정 가 본 지 거의 십 년이 다 되었어요."

선영 엄마가 말했다.

처음에는 잘못 들은 줄 알았다. 십 년? 무슨 속사정이 있으려니 싶었다.

선영 아빠는 공무원이라고 했다. 지방에서 올라와 누구의 도움도 없이 단칸 셋방 얻어 아이를 낳았는데, 늘 빠듯하단다. 옷 한 벌 사 입는다는 게 쉽지 않다는 것이다.

"남편이 생활비로 십만 원을 줘요."

나는 귀를 의심했다. 그때 우리 애들 아빠는 군에 가 있었는데, 남편 없이 세 식구만 쓰는데도 오십만 원 생활비가 빠듯했다. 그런데 나보다 더한 게 선영 엄마였다.

"남편이 십만 원을 주면 은행으로 가 모두 천 원짜 리로 바꿔요. 그리고 사만 원을 떼어 두고 육만 원 을 이천 원씩 고무줄로 묶어 삼십 개를 만들죠. 그 렇게 해 두고 하루에 이천 원씩 써요."

"그게 가능해요?"

"두부 한 모 250원. 콩나물 200원, 500원씩 며칠 모으면 돼지고기 반 근은 살 수 있죠. 조금씩 떼어 모으면 김치를 담고, 가끔 아이들 과자도 한 번씩 사 줘야죠. 쌀과 된장, 고추장, 기본 식재료는 친정 장성에서 많이 보내 주고요. 그러니 살게 돼요."

"저금을 많이 하나 봐요."

"돈 관리는 남편이 해요. 원래 가진 게 없으니 모으 지 않으면 나이 들어 힘들다고, 남편이 그래요."

"그래서 친정에도 못 가신 거예요?"

선영 엄마의 눈이 금방 빨개졌다.

"그런데 십만 원 중 떼어 놓은 사만 원은 어디 써 요? 저금해요?"

순간, 선영 엄마의 얼굴에 살구꽃 같은 미소가 살 짝 번졌다.

"그 돈은 저를 위해 써요. 선영 아빠는 몰라요."

그 돈으로 요리 학원에 다니는 중이라고 한다. 곧 중식과 양식 자격증을 따고 나면 한식 자격증에 도전할 것이란다.

'세상에 이런 일이!'에나 나올 법한 그녀의 비밀에 놀라, 나는 한참이나 그녀의 얼굴을 바라보았다.

"나에게 투자하지 않으면 이 다음 후회할 것 같아서요."

옷을 빌려 들고 나서는 그녀의 작은 키가 어쩜 그리 커 보였던지.

주말에 선영 엄마는 친정 엄마의 회갑 잔치에 다녀왔고, 드라이가 필요치 않은 옷을 굳이 드라이까지 해 감자 한 박스와 돌려주었다.

"이 옷 덕분에 엄마가 좋아했어요."

몇 푼 안 되는 옷 덕에 맛난 감자를 한 박스나 얻게 되다니, 고맙고 미안했다.

그때서야 알았다. 그 집 아이들이 토종 감자 된장국에 콩나물, 두부를 즐겨 먹어 그 어떤 아이들보다 건강할 수 있었다는 것을.

그 후, 선영 엄마는 세 개의 조리사 자격증을 취득

하며 요리 학원 강사로, 뷔페 식당과 결혼 피로연의 조리사로 눈코 뜰 새 없이 바쁜 날을 보냈다. 물론 널찍한 아파트도 분양을 받아 입주했으니, 참으로 흐뭇했다.

비밀 무기, '노랑 고무줄 가계부' 덕이라며, 선영 엄마가 활짝 웃었다.

현숙 씨의 수학 학원

○   현숙 씨는 내가 살던 아파트 15층에 살았
다. 아이들이 아직 어릴 때라 아래층에 사는 집에 폐
를 많이 끼치고 있는 참이었다. 어느 날 현숙 씨가
우리집에 찾아와 의자 다리 커버를 건넸다.

"식탁 의자 소리가 좀 커서요."

싫은 소리 하는 건 아니었지만, 일종의 타박처럼
느껴졌다. '다들 자식 키우면서 사는데 그냥 좀 못 넘
어가나?' 싶은 마음이 들었던 것도 사실이다. 그런데
알고 보니 현숙 씨네 집에 공부하러 오는 학생들이
있어서 그런 거였다. 현숙 씨는 과외 선생님이었던
것이다. 그 사실을 안 우리 집 식구들은 되도록 소음
을 만들지 않으려고 애를 썼다. 현숙 씨는 수시로 음
식을 가지고 찾아와 우리 아이들에게 미안하다고 말

하곤 했다.

그렇게 현숙 씨와 나의 관계는 조심스레 이어졌다. 아파트 위 아래층에 한 3년 살았을까? 우리는 가까운 곳에서 종종 만나 이런저런 얘기를 나누는 편한 사이가 되었고, 특별한 약속 없이도 언제든 만날 수 있는 중년 아줌마로 함께 늙어 갔다.

현숙 씨는 아파트 교실에 학생들이 늘자 학원을 내어 열정적으로 아이들을 가르쳤다. 현숙 씨는 아이들에게 잔소리를 많이 하는 호랑이 선생으로 소문이 자자했다. '학교 선생들은 제대로 야단도 못 친다는데, 학원 선생이 아이들을 야단친다니? 그런 학원이라면 진즉 문을 닫았어야 하지 않을까?' 싶은데도 현숙 씨의 학원은 날로 아이들이 모여들었다.

어느 날 현숙 씨를 만났는데, 양손 가득 무언가 들고 있었다. 장바구니에 온갖 과일이며 채소가 가득했다. 집에 손님이라도 오시느냐 물었더니 현숙 씨는 가만히 웃으며 고개를 저었다.

"오늘 수업에 쓸 자료예요."

수업할 때 채소로 공부하는 대목이 있어서 장을 봐 오는 길이었다.

현숙 씨의 장바구니에는 늘 새로운 것이 있었다.

어느 날은 과일이 있었고, 어느 날은 채소, 어느 날은 홍합에 조개, 오징어가 있었다. 모두 학원 아이들과 공부하면서 먹을 것이라고 했다.

설마 먹을 것으로 아이들을 유혹하는 건가? 아이들이 먹는 것에 마음을 뺏겨 학원에 오는 것 아니냐고 묻자, 현숙 씨가 한마디 한다.

"먹으면서 공부하면 안 되나요?"

아이들에게 음식을 주는 학원이라니? 좀 식상하다고 생각했다.

현숙 씨를 만나러 학원에 갔다가 그런 내 생각이 완전히 틀렸음을 알았다. 그날 학원에서 본 장면은 이랬다. 아이들은 바구니 하나를 탁자에 올려 두고 감자를 자르고 있었다. 작은 격자창에 눈을 대고 한참을 지켜보니 초등학교 저학년 아이들이 셈 공부를 하는 것 같았다. 찐 감자를 등분해 친구와 나눠 먹으며 셈을 익히는 중이었다. 곧 방울토마토와 바나나가 등장했고, 컵에 물을 채워 가며 다양한 수학 놀이를 시작했다.

아이들은 음식을 나눠 먹으며 깔깔거렸다. 재미있어 죽겠다는 표정들이었다. 이런 수학 교실이 있을 줄은 상상도 못 했다. 수십 년 전, 그런 수학 선생님

을 내가 만났더라면! 수학 때문에 그리 곤혹을 치르
지는 않았을 텐데. 오, 돌이킬 수 없는 지난날! 하고
는 창에서 눈을 떼고 슬그머니 돌아 나왔다.

초여름, 토끼풀이 무성한 교외 음식점 평상에 앉아
현숙 씨와 보리밥을 먹었다.

"사람들은 토끼풀을 보면 네 잎 클로버를 떠올리
죠. 그런데 전 닭이 생각나요. 매일 나를 기다리던
오백 마리의 닭 말이에요."

현숙 씨네 집은 서울 아현동에 살다 아버지의 사
업이 망해 강원도 철원으로 이사를 하게 되었단다.
아버지는 한량이었고, 엄마는 닭 오백 마리를 키우
며 자식을 건사하느라 종일 허리가 휘도록 일을 했
는데, 열한 살인 현숙 씨는 자연스레 엄마를 돕게 됐
다고 했다.

"그 많은 닭 모이를 저 혼자 다 줬어요. 토끼풀과
개구리를 잡아 쌀겨 같은 거랑 섞어서 닭에게 먹
였죠."

토끼풀은 부드러워 닭이 무척 좋아했는데, 문제는
날마다 엄청난 양의 토끼풀을 뜯어 와야만 한다는
것이었다. 열한 살짜리에게 쉬운 일이 아니었을 것

이다.

"그래서 방법을 생각해 냈죠. 토끼풀이 유독 무성히 자라는 일곱 군데를 봐 두었어요. 그리고 월요일부터 한 군데씩 베어 나가다가 일주일 지나면 다시 월요일 장소에 갔죠. 그러면 일주일 사이 토끼풀이 넉넉히 자라 있었어요. 월요일에 화요일 장소에 가면 안 돼요. 늘 비슷한 양의 토끼풀을 베어 오려면 한 장소에만 가야 해요. 또 개구리는 시골 닭들에게 유일한 단백질 공급원이었는데, 개구리 잡는 게 어디 쉬운가요. 그것도 머리를 많이 써야 했어요."

하루에 열대여섯 마리씩, 일주일에 백 마리씩 개구리를 잡았다. 요즘 같으면 엄마가 아동학대죄로 구속되었을 거라며 웃는 현숙 씨.

"엄마는 아침이면 저를 수레에 태워 도시락과 고추밭에 내려놓았어요. 그리고 오후에 데리러 오셨죠. 종일 빨갛게 익은 고추를 커다란 마대 자루에 가득 따야 했는데, 가능한 빨리, 많이 따려고 다양한 방법을 생각했죠."

고추를 많이 따서 엄마를 기쁘게 해 드리고 싶었던 열한 살짜리 딸. 해질녘 마대 자루 한가득 고추를 따 두고 밭둑에 앉아 엄마를 기다리면, 엄마는 마대 자루와 자신을 수레에 싣고 꾸역꾸역 끌고 가셨단다.

"엄마를 힘들게 하지 않으려고 수레에서 내려 걷겠다고 할 때마다 엄마는 이렇게 말했어요. '네게 줄 수 있는 유일한 선물이야' 당신도 종일 일하느라 힘드셨을 텐데……. 잘해 드리고 싶은데, 그런 엄마가 지금은 안 계시네요."

어린 딸에게 참 많은 일을 시켰다 하면서도, 낭랑한 그녀의 목소리가 금세 젖어들었다.

"토끼풀 베기, 개구리 잡기, 고추까지 따다 보니 수학 머리가 생긴 건 아닐까요?"

엄마를 원망하기는커녕 그 덕에 수학을 잘하게 된 것 같다며 환하게 웃는 현숙 씨. 그런 현숙 씨를 나는 사랑하지 않을 재간이 없다.

미스 리 미용실

○　　　내 사랑 〈미스 리 미용실〉은 내가 신혼 때 살았던 주택가 골목 작은 미용실이었다. 미용실 주인 '미스 리'는 미용실에 딸린 작은 방에서 아이 둘을 키우며 참 열심히 살았다. 그 골목에 사는 동안 나는 미스 리가 화내는 것을 보지 못했다. 늘 웃었고, 상냥했다. 내 아이와 같은 또래 아들이 있어 둘은 골목을 누비며 신 나게 놀았고, 나는 틈만 나면 〈미스 리 미용실〉에 들러 동네 소식을 들었다.

골목 사람들은 대부분 〈미스 리 미용실〉 미스 리에게 머리를 맡겼고, 나 또한 그러했다. 그렇게 십 년을 이웃으로 살다 나는 그 골목을 떠났다. 타지 생활을 하다 돌아오니 〈미스 리 미용실〉이 〈헤어 스케치〉로 바뀌어 있었다.

게다가 미스 리에 대한 소문 때문에 놀랐다. 듣자
하니, 미스 리가 바람이 나 이혼을 했다는 것이다. 미
스 리가 바람이 나다니? 완도 여자답게 꼿꼿하게 살
거라던 그 미스 리가 바람이라니, 드센 바닷바람에
도 끄떡 않고 살아 도시 생활쯤이야 식은 죽 먹기라
고 했던 그 미스 리가 바람이 나 이혼을 했다니, 그
점잖던 남편을 버리고? 믿을 수가 없는 일이었지만,
오랫동안 보지 못했으니 아니랄 수도 없었다.

상호까지 바뀌었고 미스 리가 보이지 않는 걸 보
면, 소문이 맞구나! 내 마음 속에서 미스 리가 사라
지려는 순간이었다. 그런데 미용실 앞 채소 가게에
서 나오는 미스 리와 딱 마주쳤다. 반색을 하며 반기
는 미스 리는 예전의 그 환한 얼굴, 그 웃음으로 나
를 가게로 끌고 갔다.

"가게 이름은 왜 바꾼 거야? 주인 바뀐 줄 알았잖아."

태연하게 말했지만, 바람이 나 이혼한 여자, 라는
고깝지 않은 눈으로 바라보고 있었던 게 사실이다.

삼십여 년 전으로 돌아가 아이들 이야기를 시작
해 현재로 돌아오는 길은 참 긴 시간이었다. 한참 이
야기를 하다가 저녁이라도 먹고 헤어져야 한다며 미
스 리는 나를 닭개장 집으로 잡아끌었다. 그 옛날 우

리 집 앞집에 살던 미나 엄마까지 합세했다. 저녁을 같이 먹고도 아무래도 아쉬워 다시 미용실로 자리를 옮겼다.

그런데 미스 리의 얘기를 들을수록 미스 리는 바람이 나 이혼한 여자 같지 않았다. 도대체 무엇 때문에 바람이 났는지, 이혼 사유가 그 바람 때문이었는지, 그 소문이 사실인지, 언제쯤 그녀가 자신의 내밀한 얘기를 꺼낼지, 궁금증으로 속이 타들었다. 나는 미스 리 입으로 직접 이야기를 듣고 싶었다. 그런데 그녀는 좀체 진짜 속내를 드러낼 것 같지 않았다. 기다리다 못한 나는 결국 미스 리에게 묻고 말았다.

"바람났다는 소문 진짜야?"

미스 리가 '자다가 웬 봉창 뜯는 소리냐?'는 표정으로 하던 얘기를 멈추었다.

"사실 아니지?"

그렇게라도 말해야 할 것 같았다. 설령 그녀가 바람이 나 이혼을 했다 해도 내가 그녀 편이라는 걸 미리 일러 두고 싶었다.

"뭔 소리래?"

별 소리를 다 듣겠다는 표정이다. 이혼한 건 사실이지만, 바람났다는 건 말도 안 된다며 소문의 발원

지를 캐묻기 시작한다. 난처했다. 누구냐고 따져 묻던 미스 리가 결국은 울먹이기 시작했다.

"참, 세상 싫다! 그렇게 열심히 살았건만……."

혼자 그냥 듣고 말았어야 할 일인데, 싶었지만 후회해 봐도 이미 엎질러진 물이었다.

"바람이라도 한 번 나 보고 이혼했더라면 좋았을걸! 억울해 죽겠네."

미스 리가 손등으로 눈자위를 꾹꾹 누르며 씩 웃는데 나는 할 말을 잃었다.

미스 리만큼 열심히 살았던 사람이 몇이나 있을까? 소문이 사실이 아니어서 참 다행이었다. 그러면 그렇지. 그 소문에 기대어 미스 리를 바람이나 피우는 여자로 계속 오해했더라면 어떻게 되었을까 생각하니 한편, 말하길 잘했다는 생각이 들었다.

열심히 일해 넓은 아파트도 장만했고, 아이들도 잘 자라 주어 하루하루를 감사하면서 살았단다. 그런데 남편은 손대는 일마다 다 망했고 결국, 두 아이들과 살기 위해 남편과 이혼했는데, 그게 그렇게 와전된 것이다. 그 씩씩했던 미스 리의 목소리가 물에 젖은 솜처럼 무거웠다.

"가진 것 다 잃고 세를 사는데, 주인집 할머니가 여든이 넘었어. 꼬박꼬박 방세를 직접 드렸는데, 어느 날 당장 집을 빼래. 정신없는 이 양반이 받은 걸 까맣게 잊은 거지. 몰라, 일부러 그런 건지도. 통장에 증거도 없으니 어째, 그냥 조금만 봐 달라고 사정했지. 할머니가 소리소리 지르며 난리도 아니야."

미스 리의 목소리가 차츰 젖어 들었다.

"군에 있던 건명이가 때마침 휴가를 나왔어. 그날 비가 억수로 쏟아졌지. 건명이가 주인집 현관 앞에 서서 할머니에게 몇 달만 봐 달라고, 딱 사십 분을 서서 통사정을 하더라고. 장교복을 입은 채 비를 맞고서 말이야. 그런데 문도 안 열어 봐. 그때 건명이를 생각하면 지금도 마음이 아파."

그런 사정이 있는 줄도 모르고 바람났다는 소문을 잠깐이라도 믿었던 걸 나는 진심으로 사과했다.

밝고 환하게 웃기만 했던 미스 리에게 그런 아픔이 있는 줄 몰랐다.

가게 이름을 바꾼다고 뭐가 달라질까마는, 그래도 미스 리에게 그게 위안이 되는 일이었다면 그걸로 되었다 싶었다.

삼십 년 넘게 골목을 지키며 뉘 집 아들이 장가를

가고 뉘 집 딸이 시집 가 아이를 낳았는지, 뉘 집에 강아지가 들어왔는지 다 아는 미스 리가 골목을 떠나지 않고 지금까지 남아 있어 준 게 얼마나 고마운지 모른다. 소문이 무성한 골목이지만, 그 소문에 움츠리지 않고 당당하게 살아온 미스 리가 고마워 나는 미스 리를 꼭 안아 주었다.

"아무리 늙어도 미스 리는 영원한 미스 린께."

나는 앞으로도 쭉 그 골목을 드나들며 미스 리의 그 환한 웃음과 함께 늙어 갈 것이다.

건빵에게
미리 건넨 축의금

○ 　　　요즘 청년들은 포기해야 하는 것이 너무 많다고 한다. 취업에서부터 결혼, 아이 낳는 일까지 포기할 수밖에 없다니, 참 잔인하다. 대학교 사학년생들은 졸업을 유예하고, 그 사정도 여의치 않아 매일 절벽에 서 있는 기분이란다. 그런 자식을 위해 부모는 없는 돈 끌어다 이 스펙 저 스펙 얹어 주었건만 취업이 만만치 않은 현실, 돌아오는 건 자식의 한숨과 처진 어깨를 보는 일이 일상이 된 중년 부모. 그속을 누가 알까.

어느 날, 〈미스 리 미용실〉에 들르니 미스 리는 없고 아들 건빵이가 혼자 가게를 보고 있었다. 15년 만에 처음이다. 건빵이도 나도 첫눈에 알아보고 서로를 얼싸안았다. 엄마가 미용 교육을 가는 바람에 대신 가게를 보는 중이란다. 미용실 한편에 진열해 놓은 담배를 찾는 손님들 때문인 것 같았다. 하루 정도 가게 문 닫고 교육을 받아도 되련만, 아들에게 가게를 맡긴 엄마라니…….

"엄마가 닫고 갔는데, 제가 그냥 열었어요."

어려서 우리 아이와 골목을 누비며 구슬치기, 딱지치기 하며 놀았던 건빵이의 진짜 이름은 건명이다. 아이들은 건명이를 '건빵'이라고 불렀다. 그런 건빵이는 군인이 되고 싶었단다. 직업군인이 되어 건빵을 실컷 먹었다니, 괜히 건빵이라고 불렀던 게 아니었다며 함께 웃었다.

그런 건빵이가 군복을 벗게 되었다. ROTC 장교로 중위까지 진급했는데, 담당하던 병사의 실탄 사고를 책임지고 옷을 벗게 되었다. 건빵이는 직업군인이 되기에는 키가 작았다. 까치발을 들어 기준 키를 맞춰 겨우겨우 장교가 되었다는데, 그런 건빵이가 군복을 벗었다 하니 참 속상했다. 군에 안 가려고 다들 기를 쓰는데 직업군인이 되려고 그리 애를 썼다니.

건빵이는 군에서 모은 돈으로 필리핀에 갈 생각이다. 푸드 트럭 하나 사서 길거리에서 음식을 팔 거란다. 물려받을 재산도 없고, 취직도 어려우니 결혼 같은 건 꿈에도 생각 못 할 일이라고 말하는 건빵이.

"그곳에서 좋은 인연 만나면 결혼도 하고요."

밑바닥부터 시작하겠다는 건빵이의 결심이 대단했다. 남의 나라에서 길거리 음식을 팔아 수익을 낸다는 게 어디 쉬운 일인가. 그런데 이미 일 년 동안 현지 경험도 쌓아 놓았단다. 참, 대단한 녀석이다.

"얘, 걱정 안 되니? 치안도 안 좋다던데. 네 엄마는 뭐래?"

미스 리는 "가서 실컷 깨져 봐!" 하더란다. 참, 그 엄마 미스 리, 통도 크다. 돈 한 푼 안 주면서 내 땅에서도 하기 힘든 길거리 장사를 타국에서 시작한다는데, 고작 아들한테 한다는 소리가, 실컷 깨져 보라는 거라니. 나 원 참.

"걱정 마세요. 어딜 가든 사람 사는 곳인데요, 뭘."

서른도 안 된 아이가 어쩌면 이렇게 멀쩡하게 철이 들었을까? 혼자 고생하는 엄마가 안쓰러워 닫아 놓은 가게 문을 열어 담배를 팔고, 군대에서 모은 많지 않은 돈으로 타국에 나가 다시 시작해 보겠다는 꿈을 꾸는 건빵이가 대견했다.

어떤 일이 생길지 모르겠지만, 혼자 부딪히며 한 단계씩 나갈 것이라는 스물아홉 청년의 손을 누군가

살짝이라도 잡아 준다면 얼마나 좋을까.

"건명아, 다들 너를 응원할 거야. 네게 박수를 보내
는 사람들이 많다는 걸 잊지 마."

이런 말이 무슨 도움이 될까 하면서도 무어라고
딱히 해 줄 말이 없었다. 그저 건빵이가 타국에 가서
부딪히고 깨지더라도 건강하게, 좋은 사람들과 어울
려 멋진 삶을 꾸려 가길 바라는 마음뿐이었다. 그런
건빵이에게 뭐라도 주고 싶어 지갑을 열었다.

"미처 준비하지 못해 미안해."

넉넉하지 않은 돈을 주머니에 넣어 주며 건빵이를
안아 주었다. 갑자기 건빵이 눈에서 주르륵 눈물이
쏟아져 나는 당황했다.

"왜 그래, 건빵! 네가 필리핀에서 결혼한다니 축의
금 미리 주는 거야."

그렇게 헤어져 돌아왔는데, 문자 메시지가 들어와
있었다.

"어머니, 잘 견디며 살게요. 건강하세요."

나도 건빵이만큼 눈물이 났다.

귀남 언니

○   언니 집에 머물기로 한 날이었다. 언니는
오랜만에 만난 고향 친구 귀남 언니 이야기를 끝도
없이 늘어놓았다.

"어쩜, 변해도 그렇게 변할 수가 있지? 적응이 안
돼!"

고향을 떠난 후, 나는 귀남 언니를 보지 못했다.

귀남 언니는 언니의 중학교 단짝 친구였다. 학교
에서 우리 집보다 조금 먼 곳에 살았던 귀남 언니는
학교 가는 길, 우리 집 대문 밖에서 언니를 기다리곤
했다. 학교 갈 준비를 다 마치지 못한 언니가 집으로
들어오라고 아무리 소리쳐도 귀남 언니는 고개를 숙
인 채 서 있기만 했다. 신발로 괜한 땅만 직직 파면
서 말이다. 언니의 그런 행동이 고집이 아니라 부끄

러워서였다는 건 아주 나중에야 알았다.

귀남 언니의 손을 잡아 안으로 끌면, 언니는 홍당무가 되어 땅속으로 들어갈 듯 고개를 숙이고 배시시 웃기만 했다. 덩치 큰 단발머리 여중생이 그러고 있는 모습이 우스워 나는 무릎을 꿇고 앉아 허리가 반쯤 꺾인 귀남 언니의 얼굴을 짓궂게 올려다보곤 했다.

그랬던 언니를 46년 만에 만났다. 예전 그대로일 거란 생각은 나도 안 했지만, 언니 말대로, 귀남 언니는 변해도 너무 변해 있었다. 얼굴부터 허리까지 세월에 닳고 닳아 동글동글해진 육십 대 아줌마는 주위 사람이 있건 없건 나를 보자마자, "워메, 이게 누구다냐?" 하고 끌어안았다. 내가 알고 있는 그 부끄럼쟁이 귀남 언니가 할 수 있는 행동이라고는 상상할 수 없었다.

"옆집 살아도 못 알아보겠다야! 하기야 사십 년이 넘었응께."

십 리 밖에 있는 사람도 들을 수 있을 만큼 큰 목소리로 귀남 언니는 반가워했다. 서울살이를 오랫동안 했다는데, 귀남 언니의 고향 사투리는 그대로였다.

"서울서는 서울 말, 고향에 왔응께 고향 말을 해

야제."

옆 사람이 있건 말건 큰소리로 농담까지 해 가며 즐거워하는 귀남 언니, 부끄러워 고개도 제대로 들지 못했던 그 부끄럼쟁이가 아니었다. 어찌나 밝고 위트가 넘치는지 내 온몸의 세포가 탱글탱글해져 튕겨 나갈 것만 같았다. 입담도 좋아, 배꼽이 빠질 지경이었다.

"살아야 항께, 웃어야제."

귀남 언니는 사고로 남편을 잃고, 혼자서 딸 둘을 키웠다. 나는 조심스러워 아는 척도 못 하고 있는데, 귀남 언니가 먼저 말했다.

"남편 없이 살다 봉께. 자꾸 웃어야 혀. 변해야 살기도 혀고."

부끄럼이 많아 살면서 어려움이 많았단다.

"그 성격으로 워찌 두 자식을 키우고 살았겄어. 이깟껏 함 변해 보자. 하고 덤볐지. 그러다 봉께 성격도 변하드만."

사람들 속으로 마구 들어가기 위해 안간힘을 썼다는 육십 대 귀남 언니의 지난 이야기는 소설 몇 권은 될 만큼 흥미로웠다.

"지금은 식자재 회사 식당에서 밥을 해 주고 있어

야. 딸들 다 컸응께, 이제 내 몸 하나만 건사하믄
되제."

딸 둘을 키우며 앞만 보고 살아왔다는 귀남 언니
는 몸이 움츠러들 때마다 고개를 쳐들고 큰소리로
웃었다고 한다.

"그러믄 다 해결돼야. 어렵다믄 더 어려웅께. 쉽게
생각하제."

주방 아줌마로 씩씩하게 산다는 언니가 가방에서
까만 비닐봉지를 하나 꺼내 주었다.

"이거 내가 딴 거여. 오두개, 알제?"

그러고 보니 언니의 손톱이 거무스름했다.

"얼마나 많이 따 먹었음 손톱이 까맣냐?"

귀남 언니의 손톱을 보고 옆에 있던 언니가 마구
웃었다.

"오메, 그게 아녀. 내가 예쁘게 하고 동생을 만날려
고 염색을 했는디, 급하다 보니께 장갑도 안 끼고
했어야. 히히."

아무리 급해도 그렇지 독한 염색약을 맨손으로 만
졌다는 귀남 언니. 장갑도 안 낀 손으로 머리를 염색
하고 손수 땄다며 오디를 내놓는 귀남 언니의 웃음
에 진한 슬픔이 배어 있는 줄 몰랐다. 그런 귀남 언

니와 헤어지며 나는 언니를 꼭 안아 주었다. 마음이
싸했다.

몇 시간이 지났을까. 언니 집 벨이 울렸다. 귀남 언
니였다.

"야, 도저히 안 되겠어야. 서운혀서. 동생이 미꾸라
지탕 좋아할런가 모르겄네. 이거 진짜여. 진안에
서 잡은 걸로 끓였응께 꼭 먹어야 혀. 맛날지 모르
겠어."

채 식지도 않은 냄비를 들여놓고 귀남 언니가 부
리나케 도망갔다.

친구의 동생에게 먹이려고 오디를 따고, 미꾸라지
탕을 끓여 온 귀남 언니의 까매진 손톱 위에 봉숭아
꽃잎을 찧어 동여매 주고 싶은, 그런 날이었다.

축하해요, 정순 씨

○   정순 씨는 이십년 전 우리 옆집 할머니네 지하방에 살다가 횡성으로 이사를 갔다. 오랫동안 소식이 끊긴 채 지냈는데 지난해 겨울, 갑작스레 정순 씨가 전화를 해 왔다. 한동안 잊고 지냈던 정순 씨가 어찌어찌 내 번호를 수소문해 전화를 해 온 것이다. 아들 순돌이가 대학 졸업을 하게 되어 서울에 올라왔다고 했다.

정순 씨의 남편은 S대를 나와 국내 유일의 정유 회사에 다니는 엘리트였다. 그 회사는 월급도 많다는데 정순 씨네가 지하 단칸방에 사는 게 나는 늘 의아했다. 다섯 살, 세 살배기 두 아들에게 딱히 들어갈 돈도 없을 텐데, 아마도 적금을 붓느라 허리띠를 매고 사는 모양이라고 짐작했다.

어느 날 정순 씨가 남편과 이혼을 해야 하나, 고민 중이라고 했다.

남편의 주사 때문이었다. 평소에는 늘 말쑥하게 차려입고 출퇴근하는 성실한 사람인데, 술만 마시면 딴사람이 된다는 것이다. 가재도구를 부수며 난리를 치는 바람에 아이들이 공포에 질려 아빠 목소리만 들어도 벌벌 떤다고 했다. 그러고 난 다음 날이면 딴사람이 되어 용서해 달라고 비는 바람에 지금껏 참고 살았다. 하지만 아이들이 커 갈수록 아이들 교육이 걱정되어 이혼을 생각하는 중이란다.

얘기를 듣는 동안, 이 사람은 이혼 못 하겠구나, 싶었다. 몹쓸 주사를 부리는 남편 얘기를 하는데도 연민이 가득한 거다. 부모님이 이혼하고 보육 시설에서 자란 남편과는 대학 때 만났다. 정순 씨는 남편의 따뜻한 집이 되어 주고 싶어 결혼을 결심했단다. 가정을 꾸려 잘살 수 있을 것이라고 생각했는데, 남편에게 그런 버릇이 있을 줄은 꿈에도 몰랐다. 게다가 동료들과 술이라도 한잔 하면, 술값을 몽땅 혼자서 다 내고 온다. 그러니 지하 단칸방을 면할 수가 없었던 것이다.

남편에 대한 연민과 원망 사이를 오가며 이혼 애

기를 꺼내는 정순 씨에게 나는 딱히 뭐라고 해 줄 말
이 없었다. 그냥 참고 살라고 하기에는 고통이 너무
커 보였고, 이혼 후 혼자 두 아이들을 키우며 살아갈
그녀를 생각하니 이혼이 최선이라고 할 수도 없는
딱한 상황이었다.

　결정이 쉽지 않았다. 그러던 어느 날 남편이 지방
으로 발령을 받아 내려가게 되었다며 정순 씨가 찾
아왔다. 고민고민하다 남편에게 이혼 얘기를 꺼낸
모양이었다. 당연히 남편은 이혼을 원치 않았다. 새
롭게 삶을 시작해 보겠다며 작정한 남편이 지방 발
령을 요청했다 한다.

　자신의 잘못을 받아들이고 가정을 지키려고 애쓰
는 남자. 그런 남편의 마음을 받아들인 정순 씨.

　어렸던 순돌이가 대학을 졸업할 만큼의 시간이 흘
러 다시 정순 씨를 만나니, 가장 먼저 궁금한 얘기는
한 가지였다.

　"여전히 그 남편과 살죠?"

　정순 씨가 피식 웃는다. 안 그래도 외롭게 산 남편
을 다시 버림받은 사람으로 둘 수 없었겠지. 어린 시
절 받은 상처를 들키지 않으려고 불필요한 허세를
부릴 수밖에 없었던 남편을 이해하고 나니 이혼을

할 수도 없었다는 정순 씨. 한 남자를 일으켜 세우고 자식들과 가정을 지켜 낸 정순 씨는 측은지심이 가득한, 고운 사람이었다.

세월이 흘러도 변하지 않고 그대로인 사람들을 만나면 나도 덩달아 착해지는 것 같은 착각에 빠진다.

3부

나이
들수록

옆집 할매처럼

○　　　나는 옆집 할머니를 '할매'라고 부르는 것
이 좋았다. 우리 진짜 할매가 생각나서 더욱 그랬다.
할매는 내가 급한 일이 있어 외출을 해야 할 때 맡길
데 없는 어린 내 아이들을 종종 맡아 주고, 밥까지
먹여 주셨다. 손자들 먹는 밥에 숟가락 하나 꽂으면
문제없다던 할매.

　뿐만 아니었다. 할매는 봄이 되면 앞산에 제일 먼
저 오르셨다. 갓 나온 참나무 순이나 두릅, 둥글레 순
을 따다 다듬고, 들에 나가 쑥이며 냉이 같은 나물을
캐 수시로 우리 집에 건너오셨다.

　"좋아헝께."

　할매가 하신 말씀은 늘 간단명료했다. 좋아하니 가
져오는 것이란다. 성치 않은 무릎으로 산이며 들로

나가시는 게 마음에 걸려 만류해도 늘 그러셨다. 그런 할매 때문에 때론 할매의 며느리 눈치가 보였다.

"우리 며느리는 나물 안 좋아혀."

그래도 그렇지. 등 뒤에 숨겨 이것저것 옆집으로 나르는 할매를 며느리가 어찌 생각할까 염려되었지만, 할매는 눈치 볼 것 없다며 손사래를 치곤 하셨다. 그리고 끝까지 봄이면 앞산에 오르는 일을 그만두지 않으셨다.

"걱정 말어. 운동 삼아 가니께."

정말 그러셨을까? 뭐 조금 색다른 것만 있어도 할매는 뒷짐을 지고 건너와 슬그머니 우리 집에 디밀고 가셨다.

"별 거 아녀."

꼭 그렇게 말씀하셨다. 별 것 아닌데 맛이나 보라고. 친정, 시댁도 멀리 있고, 애들 키우며 언제 이런 거 먹어 보겠냐며.

별 것 아닌 것도 늘 주셨던 할매가 세상을 떠나셨다. 나물이며 꽃이 지천이라 산으로 들로 나가신다던 할매가, 그 좋아하던 산으로 가셨다. 아마 저세상에 가서도 두릅을 따고 쑥을 캐고 계시리라.

봄이 되면 할매가 나물 바구니를 들고 우리 집에 건너오실 것만 같다. "별 거 아녀" 하시면서 말이다.

그런데 요즘은 할매의 며느리가 농장에서 거둔 채소를 바구니에 가득 담아 우리 집에 건너온다.

"무공해여, 먹어 봐."

꼭 할매 같다. 땡볕에 산비탈을 오르내리며 물을 주고, 풀을 매 가꾼 채소랑 감자를 여기저기 퍼 준다.

"별 거 아녀."

하면서 말이다.

닮아 간다. 할매의 며느리가. 할매도 할매 같은 사람을 곁에 두고 배웠을까? 할매처럼, 할매의 며느리처럼, 나도 그렇게 살고프다. 종종 외출하는 옆집 젊은 새댁의 아이도 맡아 주고, 봄이면 쑥과 나물을 가득 담은 바구니에 진달래꽃 한 가지를 얹어 건네 주는, 폭 익은 고구마처럼, 달고 따끈한 할매가 되고 싶다.

"별 거 아녀." 하면서 온기를 전하는 그런 할매가.

〈늘푸른약국〉 푸른 약사

○　　삼십 년 전, 그녀는 삼십 대 초반의 약사였다. 야시장 모퉁이에 〈늘푸른약국〉을 연 젊은 여자 약사. 얼굴이 뽀얗고 키가 작달만한, 새침떼기 같았는데 알고 보니 참으로 수더분한 사람이었다. 시장 사람들은 수시로 그녀의 약국에 드나들며 박카스며 '까스활명수'를 사 먹고, 아스피린으로 두통을 다스렸다.

약국 앞에는 언제나 주름이 자글자글한 할머니들이 전깃줄 참새들마냥 도란도란 얘기를 나누며 완두콩이며 쪽파를 까고 푸성귀를 팔았다. 여름에는 땡볕 아래이거나 겨울에는 찬바람을 맞을 수밖에 없는 한데였다. 더위에는 신문지로 모자를 만들어 쓰고, 추위에는 종이 박스로 바람을 막아 가며 천 원, 이천 원어치씩 담아 놓은 물건을 팔던 할머니들. 영 견디기 힘이 들 때면 약국에 들어와 더위를 식히고 추운 몸을 녹이곤 하였다.

그럴 때마다 젊은 약사는 할머니들에게 시원한 물 한 잔을 건네고, 겨울이면 따끈한 보리차를 내주었다. 할머니들이 약사를 좋아하는 것은 당연한 일이었다.

"약사님은 얼굴도 이쁘고, 마음도 곱고, 돈도 잘 벌고, 참 좋겄소. 그란디 시집도 안 갔다믄서, 돈 벌어 다 어데 쓴다요?"

"사정이 있겄제? 사정없는 사람이 어디 있능가."

"고것이 궁금허요, 할매? 지금, 돈으로 방 도배하는 중인디요."

사투리를 섞어 가며 그녀는 능청스럽게 할머니들과 어울렸다.

어느 날, 약국에 가는 길이었다. 장터가 요란했다. 또 단속이 시작된 모양이었다. 젊은 사람들은 물건을 챙겨 후다닥 골목으로 숨어들었고, 할머니들만 남아 팔고 있던 푸성귀를 상자에 담는 중이었다. 냥이 할머니만 서두르지 않고 "냥이야! 냥이야!" 부르고 있었다.

털이 누런 고양이 한 마리를 늘 곁에 두고 있던 할머니를 사람들은 '냥이 할머니'라고 불렀다. 냥이는 떠돌이 고양이였다. 할머니가 먹을 것을 가져와 주곤 하니 할머니 곁에 붙어 있었는데, 그 고양이가 없어진 모양이었다.

단속반의 호각 소리가 다가왔다.

"이게 뭐요? 왜 아직 안 치웠어?"

단속반이 소리쳤다.

"지금 치우는 중이요! 근디, 어쨔쓰까!"

냥이 할머니가 혀를 끌끌 차며 물건을 주섬주섬 챙기기 시작했다. 그때, 물건이 담긴 바구니를 걷어차며 단속반이 또 한 번 소리쳤다.

"할매, 지겹지도 않소? 자식들은 다 뭣 하요?"

냥이 할머니의 흰머리만큼 뽀얗게 껍질이 벗겨진 쪽파, 호박잎이며 완두콩이 길바닥에 흩어지고 바구니가 여기저기 뒹굴었다. 냥이 할머니가 단속반을 향해 소리쳤다.

"이 썩을 놈아! 니놈 때문에 우리 냥이가 놀라 도망갔어! 어여 찾아내!"

"노인네가 정신이 나갔나? 어디서 억지여? 억울하

면 채소 가게를 내던가!"

나머지 물건을 다시 한 번 걷어차며 단속반이 호각을 휙휙 불었다.

어쩌면 그렇게 인정머리가 없는지. 채소 가게를 낼 수 있는 형편이면 누가 길거리에 나앉아 푸성귀를 팔까. 냉이 할머니는 기역 자 허리를 더 구부려 흩어진 푸성귀를 줍기 시작했다. 순간, 욱 하고 치밀어 올라 나는 그만 소리치고 말았다.

"이런 짓 하고 나면 속이 시원해요?"

분통이 터져 단속반의 머리통을 한 대 갈겨 주고 싶었다.

"당신 이런 짓 하고 다니는 거, 당신 엄마랑 자식들이 알아?"

나도 모르게 뱉은 말이었다. 곧 사람들이 몰려들었고, 나는 여기저기 흩어져 있는 할머니의 쪽파와 완두콩을 하나둘 줍기 시작했다. 그때, 내 옆에서 완두콩을 줍던 여자, 〈늘푸른약국〉 약사였다.

완두콩을 쥔 그녀의 손등 위로 후두둑 눈물이 떨어지는 걸 나는 보았다. 그녀가 민망해 할까 봐 쳐다보지 않았다. 하수구 구멍에 걸린 나뭇가지 위에 아슬아슬 놓여 있던 완두콩 하나를 주우려는데, 왈칵

눈물이 쏟아졌다. 지나가던 몇 사람이 할머니의 물
건을 주워 상자에 담아 주었다.

그런 일이 있고 난 후부터 〈늘푸른약국〉 한켠에는
물건이 쌓여 갔다. 단속반이 온다는 신호가 올 때마
다, 약사는 할머니들의 물건들을 후다닥 약국 안으
로 치웠다. 그러고는 단속반이 지나가기를 기다렸다
다시 꺼내 놓았고, 다 팔지 못한 물건은 약국에 두고
다음 날 팔게 했다. 남은 물건을 이고 지고 다시 버
스를 타야 했던 할머니들은 짐이 줄어 좋아했다.

"약사님, 늘 고맙고 미안허요."

냥이 할머니, 그 옆 할머니, 그 옆옆 할머니까지
〈늘푸른약국〉에 물건을 들여놓으며 늘 같은 말을 반
복했고, 집에서 따 왔다는 토종 앵두를 건네고 이런
저런 나물을 건네며 정을 쌓아 갔다.

그러나 시간이 지나면서 냥이 할머니도, 그 옆 할
머니도, 그 옆의 옆 할머니도 더 이상 시장에 나오지
않았다. 할머니들이 약국에 맡겨 둔 물건들만 약국
한켠에서 낡아 갔다. 할머니들이 세상을 떴다고 했
건만 〈늘푸른약국〉 약사는 할머니들의 물건을 쉽게
치우지 못했다.

단속반의 호각 소리를 듣고 할머니들의 푸성귀 바구니를 약국 안에 들여놓고 내놓았던 그녀. 단속반의 발에 차여 길바닥에 쏟아진 낭이 할머니의 완두콩을 주우며 그녀가 흘린 눈물을 나는 잊을 수 없다.

세월이 흘러 오래된 도시의 변두리만큼 그녀도 많이 늙었지만, 재개발이 된다고 꽂아 놓은 붉은 깃발 아래서도 여전히 그녀는 '늘푸른' 약사로 푸르게 푸르게 산다.

경애 씨가 사는 법

○　　　지구 곳곳을 돌아다니다 경애 씨는 예순이
넘어서야 집으로 돌아왔다. 젊은 시절엔 소록도에서
환자들을 돌보고 그들과 강냉이 튀밥을 나눠 먹으며
살더니, 나이 들어서는 에티오피아, 네팔, 페루 같은
나라들만 찾아다니며 사람들을 돌보았다.

　여전히 짧은 커트 머리에 운동화, 배낭을 메고
1970년대에나 보았을 옷차림이었다. 까맣게 그을린
피부에 고무줄로 묶고도 남을 만큼 얼굴에 주름이
가득했다.

　"죽으면 썩응께."

　썬크림이라도 바르면 좋겠다고 잔소리를 할 때마
다 경애 씨가 하는 말은 늘 같다.

　돈을 벌려고 마음만 먹으면 현금 부자로 떵떵거리

며 살 수 있는 능력이 있는 경애 씨지만 그런 걸 안한다. 가지고 있는 살림살이를 들여다보면 기가 막힐 지경이다.

"죽으면 누가 치워야잖여."

죽고 나면 누군가 그거 치우느라 고생할 텐데, 죽어서까지 욕먹고 싶지 않다는 거다.

정장 한 벌, 면바지에 남방 몇 장, 일 년 열두 달 입는 체육복 바지는 닳아 구멍이 날 지경이다. 커트 가위 하나로 혼자 머리도 쓱쓱 자르고 굽이 달린 신발은 아예 사 본 적이 없다. 하루 두 끼 중 한 끼는 봉지 커피에 에이스 과자로 때운다. 그간의 봉사 활동을 치하하는 상이라도 받는 날엔 그 상금으로 소록도 환자들에게 에어컨을 달아 주고 네팔의 산골 아이들에게 학비를 보내며 즐거워한다.

"내 게 아닝께."

내 것 아닌 것을 더 갖고자 하고 그 욕망을 떨쳐 내지 못해 죄를 짓는 사람들이 허다한 세상, 무소유의 자유를 일찍이 터득한 경애 씨가 나는 부럽다. 경애 씨는 뭔가를 가질수록 불편해진단다. 그런 경애 씨를 볼 때마다 가진 게 많은 나는 죽을 때 눈이라도 편히 감을 수 있을지, 은근히 걱정된다.

이제 돌아왔으니 밥솥이라도 하나 장만해 집에 들어앉을까 기대했건만, 아버지 묘를 이장하고 며칠 잠잠하더니 또 바람처럼 떠났다. 어디엔가 콕 박혀 잘 살아 있을 테니 걱정 말란다. 가는 곳이 어디든 거기가 집이고, 만나는 사람 모두 가족이라는 경애 씨. 또 아프고 힘이 든 누군가의 손을 잡아 주러 떠났을 것이다.

경애 씨를 처음 만난 것은 남편의 첫 직장이었던 국립병원이었다. 〈보건사회부〉의 행정 관료였던 남편을 따라 6개월 된 아이와 병원 관사에 살았는데 경애 씨는 그 병원 약사였다. 내 아이를 참으로 아끼며 사랑했다. 비 오는 날이면 나는 매운 고추를 송송 썰어 넣은 부추전이나 호박죽을 쑤어 경애 씨에게 주었다. 소탈하면서도 지적이던 경애 씨는 내 마음을 몽땅 사로잡았다.

뒤늦게 사법 시험 공부를 시작한 남편과 떨어져 지내던 시절에는 경애 씨가 또 얼마나 큰 위로가 되었던가. 기관지가 좋지 않아 병원을 드나들던 둘째 아이로 마음고생을 심하게 할 때였다. 사흘걸이 병원 신세를 져야만 했던 아이의 병세가 깊어져 많이

도 울었던 어느 날 아침, 현관문을 여니 문고리에 비닐봉지 하나가 걸려 있었다. 약봉지였다. 경애 씨가 다녀간 것이다. 늦은 밤이라 아이들이 잠에서 깰까봐 살짝 다녀간다는 쪽지를 보는 순간 울컥 눈물이 솟았다. 소록도에서 배를 타고 나와 밤새 운전을 하고 와서는 약봉지만 걸어 두고 돌아선 경애 씨.

둘째 아이를 생각하며 졸음을 참고 차를 몰아 다녀간 경애 씨를 생각하며 마음이 싸했다. 둘째 아이는 그녀가 지어 준 약을 먹고 거짓말처럼 천식이 나았다. 경애 씨를 아이들은 '소록도 이모'라고 부른다. '소록도 이모'처럼 되겠다고 벼르던 둘째 아이가 타국에서 '소록도 이모' 흉내를 내며 산다. 보고 배운 대로 자란다는 말을 부인할 수가 없게 되었다.

경애 씨가 소록도를 친정집 드나들듯 한 세월이 30년이다. 스무 살에 소록도에 들어가 무려 43년 동안 한센병 환자를 돌본 오스트리아 수녀, 마리안과 마가레트를 마음에 품고 살았기 때문이리라. 경애 씨도 두 분 수녀처럼, 스물네 살에 소록도에 들어가 오랫동안 환자들과 생활했다.

홀쩍 떠난 경애 씨는 오늘도 어디선가 누군가에게 온기를 전하고 있을 것이다. 두 분 수녀가 방문 앞에

붙여 두고 살았다는 '선하고 겸손한 사람'이 되어서
말이다.

봉지 커피와 에이스 과자를 볼 때마다 생각나는,
참 멋진 사람, 경애 씨!

수를 놓는 여자

○   일 년에 한두 번을 보아도 어제 본 듯한 사람이 있다. 하룻밤 정도는 날을 새며 얘기를 나눌 수 있는 사람. 그런 사람을 가지고 있다는 건 큰 행운이다. 다행히도 나에겐 그런 친구가 있다.

어느 날, 그 친구가 "어디론가 데려가 달라"는 연락을 해 왔다. '어디든'이라는 모호한 말 앞에 좀 당황했지만 내색하지 않고 차를 몰았다. 봄이었고, 꽃이 지천이었다.

그 친구는 주말마다 멀리 지방에 살고 계신 시부모를 방문하고 있었다. 체면을 중요시하는 시아버지는 치매 걸린 아내를 시설에 보내지 않고 돌보고 계셨다. 그런 시아버지 때문에 마음이 편치 않다고 했다. 모시지 못하니 자주 방문해야 자신에게 좀 위로가 된다는데, 성치 않은 몸으로 음식을 만들어 지방을 오르내리는 게 여간 힘이 든 게 아닌 것 같았다.

한 주라도 거르면 삐져 눈도 안 마주치신다는 시아버지. 그 비위를 맞추느라 마음 상한 적이 한두 번이 아니었던 모양이다. 독실한 불교 신자인 친구는 자주 사찰을 돌며 백팔 배를 하고 사찰에 머물곤 했다. 인도, 티베트며 부탄까지 부처의 자리를 찾기도 했지만, 마음은 여전히 온전치 않은 것 같았다.

떠나서라도 잠시 친구의 마음에 평안이 온다면 다행이라고 생각하며 가능한 한적한 시골을 찾았다. 작은 펜션에 들어 밤새는 줄 모르고 이야기꽃을 피우던 중, 친구가 가방에서 무언가를 꺼냈다. 갈색 천에 자수로 놓은 들꽃이 가득한, 테이블보였다.

지난해에도 그랬다. 강이 보이는 찻집에서였던가. 자수 들꽃이 가득 핀 흰 옥양목 천을 펼친 뒤, 도자기 접시에 화전을 올려 주었다. 한련화와 진달래를 넣어 만든 화전을 먹으며 나는 하마터면 눈물을 쏟을 뻔했다.

몸이 힘들고 마음에 분심이 생길 때마다 친구는 수를 놓는다. 누군가를 간절히 그리워하는 마음, 누군가를 미워하지 않고 죄를 짓지 않으려는 마음, 그런 마음을 가지려고 바늘에 실을 꿰고 한 땀 한 땀 수를 놓는다니, 마음이 씨했다.

자수로 피워 낸 들꽃 한 송이 한 송이에서 향내가 피어오르는 것 같았다. 마음을 다지느라, 다시 사랑하기 위한 작업이 눈물겹고 경이로웠다.

친구는 자수 테이블보뿐 아니라 많은 걸 내게 주었다. 수를 놓은 냄비 받침, 브로치, 목걸이, 작은 화분일 때도 있었고 책갈피에 눌려 바짝 마른 네 잎 클러버를 주며 행운을 빌어 주기도 했다. 그 행운에 기대어 나는 여기까지 온 것만 같았다.

애정이 가득 담긴 선물을 받을 때마다 부끄러워진다. 그녀를 통해 겸손을 배우고, 사람의 마음을 움직이는 손을 떠올리곤 한다.

친구가 일찍 일어난 모양이다. 내가 일어나기를 기다렸다는 듯 커피를 만들어 내놓았다. 향기롭다. 산촌의 아침 안개는 모호하지만 신비롭다. 안개는 햇살을 받고 곧 이슬이 되어 나뭇잎이며 꽃잎을 적실 것이다. 손수 볶아 만들었다는 구기자차와 책 한 권을 건네더니 친구는 곧 짐을 꾸렸다.

"가려고?"

"이제 됐어. 기다리는 사람이 많잖아."

마음이 좀 정리가 된 걸까? 표정이 어제보다 한결 나아 보였다. 돌아오는 길 점심으로 보리밥을 먹고 나오는데, 먼저 나온 그녀가 어느 새 밥집 뜰에 앉아 무언가를 찾고 있었다.

"네 잎 클로버!"

"나 주려고? 난 지금 충분해. 이제 너 가져."

그녀가 활짝 웃는다. 늘 주기만 하는 내 친구, 이번에는 행운이 온통 친구에게 돌아가기를 나는 간절히 바랐다.

그녀는 다시 일상으로 돌아갈 것이다. 주말이면 시부모를 방문하고 누군가를 생각하며 음식을 만들고 수를 놓겠지. 그러다 또 어느 날엔 집 앞에서 나를 기다릴지도 모른다. 그러면 또 나는 아무것도 묻지 않고 한적한 시골길로 차를 몰게 되겠지.

내 마음에 분심이 생길 때마다 친구가 준 자수 들꽃을 본다. 내 마음도 그렇게 잘 익어 가기를 바라면서 말이다.

늦기 전에

○   정애 씨를 만난 건 십 년 전이다. 처음 만났을 때부터 "언니"라 부르며 살갑게 대하더니, 속내를 털어놓기 시작하면서 종종 만나게 되었다.

어느 날 정애 씨가 "자신에게는 친정이 있지만, 없다"는 야릇한 말을 한다. "친정에 단 한 번도 가 본적이 없다"는 말까지. 정애 씨의 얘기를 듣고 나니가슴이 먹먹했다. 그녀에게 그렇게 아픈 과거가 있었다는 걸 몰랐다. 남편의 도박과 폭력 때문에 정애씨가 힘들었던 것은 알고 있었지만 정애 씨를 힘들게 한 것은 그것뿐이 아니었다.

"친정 엄마가 돌아가셨대요."

감정 없는 목소리였다. 어쩌면 그렇게 아무렇지 않게 친정 엄마의 죽음을 말할 수 있을까? 늦지 않게 가려면 얼른 서둘러야겠다며 내 마음이 부산한데, 정작 정애 씨는 장례식에 가지 않을 것이라며 내 소매를 잡아끌었다.

"정말 안 가?"

정애 씨가 고개를 끄덕인다. 아무리 그래도 그렇지 엄마의 장례식까지 외면을 하다니. 마음이 그 정도인 줄 몰랐다.

딸과 사위가 소식을 듣고 와서는 마음을 바꿔 보려 애를 썼지만 정애 씨는 냉랭했다. 결국 딸과 사위만 장례식에 내려갔다. 딸과 사위가 떠나고 정애 씨만 집에 두고 나올 수가 없어 잠시 더 있기로 했다.

그런데 정애 씨는 딸 내외가 나가자마자 주저앉아 울기 시작한다. 절대 울지 않을 것 같더니 아예 바닥에 엎드려 엉엉 울었다.

정애 씨는 엄마와 헤어진 뒤 한 번도 엄마를 본 적이 없었다. 엄마라고 불러 본 적도 없다. 일곱 살 되던 해, 아버지는 새 여자를 데리고 들어와 아이까지 낳았고, 엄마는 오빠와 언니만을 데리고 집을 나갔다. 정애 씨는 새엄마 밑에서 유년기를 보냈다. 그러는 동안 엄마에 대한 원망과 증오가 커졌다는데, 어린 자신을 두고 떠난 엄마를 도저히 용서할 수 없었다는 것이다. 정작 미워해야 할 대상은 아버지였는데, 더 믿었던 엄마를 원망할 수밖에 없었다는 정애 씨의 마음이 안타까웠다.

자리를 잡으면 데리러 오겠다던 엄마는 아무리 기다려도 오지 않았다. 새엄마는 그 넉넉한 살림에서도 도시락 한 번 싸 주지 않는 지독한 사람이었다. 고등학교에 들어가면서부터 독서실에서 잠을 잤고, 친구들이 싸 온 도시락을 먹으며 공부했다. 새엄마 눈치를 보느라 학비와 용돈도 제대로 주지 않던 아버지 때문에 정애 씨는 학교마저 그만둘 수밖에 없었다.

엄마가 서울에 살고 있다는 소식을 듣고 무작정 서울로 올라가기로 했다. 엄마를 만나면 모든 일이 해결될 것이라고 생각하며 올라가던 중, 기차 안에서 아버지뻘 되는 남자와 같은 자석에 앉게 되었다. 경계심에 가득 차 있던 정애 씨에게 그 중년 남자는 서울에서 고등학교에 다니는 딸을 만나러 가는 길이라며 이것저것 묻기 시작했다.

'이 세상에는 이렇게 다정한 사람도 있구나.'

태어나 사람의 온기를 처음 느낀 순간이었다. 부모

에게 버림받고 배신당했다는 생각으로 마음이 꽁꽁
얼어붙었는데, 중년 남자는 먹을 것도 사 주고 사람
을 조심하라며 걱정해 주었다.

"어린 자식을 두고 간 엄마의 마음도 많이 아팠을
거다."

그 남자가 말했단다.

"엄마도 사정이 있었을 테니 엄마를 이해해라."

하지만 정애 씨는 엄마를 절대 용서할 수 없었다.

"아직 엄마가 너를 찾지 않은 건 때가 되지 않은
것이니, 엄마를 무작정 만나지 말고 좀 더 멋진 모
습으로 찾아가는 게 어떠냐?"

남자는 자신의 친척이 운영하는 회사에 취직을 시
켜 주었고, 정애 씨는 낮에는 일을 하고 야간 고등학
교에서 공부하기 시작했다. 그렇게 시간이 흘렀고,
한 남자를 만나 결혼해 두 아이를 낳았다. 어느 날
친정 아버지에게 보낸 편지를 들고 언니와 오빠가
찾아왔단다. 엄마가 몹시 보고 싶어 한다고. 하지만
정애 씨는 엄마를 만나러 가지 않았다.

자식을 낳으며 엄마가 더욱 그리웠고, 친정 엄마가
끓여 준 미역국을 먹고 싶었다. 그리움과 원망 사이
를 오가며 지내 왔는데, 이제 와서 보고 싶다며 찾아

오라고 한 엄마가 더 미웠단다. 그래서 가지 않았다. 그런 엄마라면 처음부터 없는 게 낫다고 말하며, 정애 씨는 온몸으로 다시 울기 시작했다.

친정 엄마의 미역국 얘기를 하며 서럽게 우는 육십이 다 된 여자. 나는 그 어떤 위로의 말도 찾지 못했다. 친정 엄마가 끓여 주는 미역국을 먹으며 엄마가 되고 싶었다면서 왜 먼저 엄마를 찾지 않았던 걸까?

"그리울수록 미움과 원망이 커지죠."

엄마가 자식 둘을 데리고 나가 얼마나 험하게 살았는지 오빠와 언니가 찾아와 얘기했지만 귀에 들어오지 않았단다. 일곱 살짜리 어린 애를 떼어 내고 떠날 수 있는 엄마는 엄마도 아니라고 정애 씨는 독하게 말했다.

"그래도 장례식에는 가야지. 두고두고 오늘을 후회할 거야."

넉넉해 보였던 정애 씨에게 그렇게 진한 아픔이 있었다는 걸 몰랐다. 원망이 얼마나 컸으면 장례식에 가는 것조차 거부할까. 조금은 이해가 되었지만 안타까웠다.

다행히 정애 씨는 절대 안 가겠다던 엄마 장례식에 다녀왔다. 염을 해 놓은 엄마 시신 위에 엎드려 "엄마! 엄마!"를 부르며 통곡하고 왔다. 다행이다, 정말.

정애 씨가 끝까지 '엄마'를 불러 보지 못하면 어떡하나 마음을 졸였는데 얼마나 잘된 일인가. 정애 씨 엄마도 조금은 가볍게 세상을 떠나실 수 있었겠다. 물론, 정애 씨가 조금만 더 일찍, 살아 계실 때 찾아가 마음을 열었더라면 더 좋았겠지만.

피천득 시인의 말대로 연인이야, '평생을 그리워하면서도 아니 만나고 살기도 한다'지만 엄마와 자식이 서로를 그리워하면서 만나지 않고 산다는 것. 지독한 형벌이다. 어디, 엄마와 자식이 자신의 상처만을 드러내며 얼굴을 안 보고 살 수 있을까. 가끔은 싸우고 원망을 하다가도 자연스레 하나가 되는 관계가 부모와 자식이리라. 삶이 그리 길지 않다는 것을 정애 씨가 조금 일찍 알았더라면.

엄마를 떠나 보내고서야 겨우 '엄마'라는 이름을 찾은 정애 씨. 신이 인간에게 준 최대의 선물은 '용서'라고 했던가. 정애 씨 마음이 조금이라도 편해져, 마음으로라도 '엄마'를 편하게 부를 수 있으면 좋겠다.

이럴 수도 없고
저럴 수도 없고

○   마음의 밭을 가꾸어야 나이가 들수록 잘 버
틸 수 있다고들 했다. 세월 이겨 낼 장사가 있겠냐며
나이 듦에 대해 자연스레 받아들이라고 한다. 『자연
스럽게 늙는 법』, 『나이 들어 간다는 것의 즐거움』,
이런저런 책들이 위로의 메시지를 배달해 읽어 보지
만, 그게 쉽지 않다. 마음밭을 내세우며 만족해야 한
다고 해도 눈에 보이는 것은 어쩔 수가 없다.

거울에 등장하는 여자는 기미에 검버섯, 반쯤 내려
온 눈꺼풀에 눈 밑, 입가 주름이 가득해 낯설다. 어디
그뿐인가. 아무리 엉덩이와 허리를 구분하려 벨트를
졸라매도 별 구분이 되지 않는 몸은 어쩔 수가 없다.
"거울아, 거울아, 이 세상에서 누가 제일 예쁘냐?"고
물으면, "당신이야!" 하는 대답은 기대도 안 한다. "그

얼굴에 그 질문이 하고 싶니?" 망신이나 주지 않을까 싶어, 보던 거울도 뒤집어 놓을 판이다.

후배는 4개월간 성형에 대해 고민해 왔다. 나이가 들며 외모도 변했고 살이 쪄 매사 자신감이 없어 살 의욕이 없단다. 갑자기 이런 고민을 하는 데는 까닭이 있을 것 같아서 물었다.

"글쎄, 딸아이가 유치원에 오지 말래요."

어렵사리 늦게 얻은 딸아이가 엄마더러 유치원 재롱 잔치에 오지 말라고 했다는 것이다. 꽤 충격이 컸던 모양이다. 또래 친구의 엄마들보다 나이가 들어 보이기 때문일 것이라고 짐작하며 이유를 물었는데, 아이의 뜻밖의 말에 다리에 힘이 쭉 빠졌단다.

"엄만, 뚱뚱하잖아!"

그 말, 한 치 망설임도 없이 내뱉은 아이의 말 때문에 모든 게 무너져 내려 후배는 피부과에 들러 일단 점 두어 개부터 뺐다. 그런데 그걸로 끝낼 수가 없다는 것이다. 복부 지방 흡입술에 안면 주름 제거술까지를 들먹이며 비용이 만만치 않아 고민을 하고 있는 중이었다.

"할까 말까 오십 대 오십이니 고민이 돼요."

돈이 좀 넉넉하면 고민할 필요가 없는데, 선생 월

급에 그 돈을 쉽게 쓸 수가 없는 모양이었다. 비상금을 써 버리고 나면 꼭 필요할 때 쓸 돈이 없을까 봐 망설이는 중이었다. 현재의 몸 상태로 살자니 자존감이 떨어져 나날이 우울한데 어린 딸에게 뚱뚱하다는 말까지 들었으니, 어떤 특단의 조치가 필요했던 것이리라.

"나이가 들면 어지간한 뱃살은 애교살이야. 너 정도면 근사하지 뭐."

아무리 얼러도 후배는 '오십 대 오십'인 마음 상태를 강조하며 조언을 구했다. 더없이 좋은 대안으로, 운동을 하며 식사 조절을 하면 좋겠다고 말했다. 하지만 그동안 어지간한 방법은 다 해 보았다 하고, 경험이 없는 나 또한 좋은 생각이 딱히 떠오르지 않았다.

어떤 사람은 "나이 든 여자들이 게을러서 몸매 관리도 않고 세상 다 산 여자처럼 포기하며 산다."고 말한다. 글쎄, 정말 그럴까? 남자와 다르게 출산을 한 여성의 몸은 다양한 호르몬 변화를 거치면서 몸의 변화를 겪는다. 어디 몸의 변화뿐인가. 감정의 변화로 심한 우울증과 불면증에 시달리는데다 자존감마저 떨어져 매사에 의욕이 없어지는 경우가 허다하다. 집안일, 아이 돌봄, 직장 일까지 하는 경우 자신을 돌볼 경제적 여유나 시간을 내기가 쉽지 않다. 그렇게 시간이 흐르고 나이가 들어 가며 남은 흔적, 그것이 뱃살이고 주름이다. 나무처럼 나이테가 남은 것이다. 그런데 그게 흉하다고, 어린아이마저 그런 엄마를 부끄러워하는 세상이다. 자랑스러워야 할, 크고 둥그런 나이테를 안고 사는 엄마들이 왜 부끄러운 존재가 되었을까? 여자들의 주름과 뱃살을 두고 흉하다고 하는지, 몸매를 두고 게으름을 탓하는지 모르겠다.

몸에 등급을 매기는 미인 대회에는 여전히 여자들만 나온다. 압구정동 지하철역에는 성형외과 남자 의사들의 광고가 즐비하다. 어떤 중년 남자는 그 미인들을 바라보다 정신줄을 놓고 목적지와 반대 방향 지하철을 타기도 했단다.

누가 뭐라 하던 내 몸의 주인은 나다. 수술을 할까 말까 망설이는 후배도 지방 흡입술을 하고 싶은 마음이 훨씬 더 크다는 게 느껴졌다. 하는 일마다 뱃살 때문에 의욕이 안 생긴다면 결론은 분명하다.

"무엇보다 행복감이 중요해. 해라!"

자존감이 떨어지고 사는 게 우울하다면 지방 흡

입술이 아니라 그 어떤 것이라도 해야 한다. 그걸 해야 행복해질 것 같은 사람에게, '마음의 밭이 중요해. 보이는 것은 다 허상이야. 넌 지금 아이를 잘 키우는 엄마에, 강의도 잘하는 선생이지. 대중음악에 관한 논문도 얼마나 잘 쓰니?' 운운하며 침이 마르게 칭찬을 한다 해도 그런 말이 약이 될 수 없다는 것을 나는 알고 있다.

"하고 싶은 일을 하지 못하고 계속 우울하게 사느니, 하고 싶은 일을 하고 유쾌하게 사는 게 나아!"

비상금이야 다시 모으면 그만이다. 그 돈이 아까워 쓰지 못하고 우울하게 사는 것보다 저지르고 나서 후회해도 늦지 않다고 말해 주었다.

"그래도 비상금인데 괜찮을까? 애한테 뭔 일 생기면 쓸려고……."

"뚱뚱하다고 유치원에도 오지 말라는 애한테 무슨 비상금을 써? 그럴 필요 없어. 너 써!"

4개월 동안 같은 고민을 하며 수십 차례 같은 얘기를 반복했던 후배는, 허리가 잘록해 보이도록 벨트를 매고 윤기 나는 피부에 눈을 반짝이며 자신감 있게 강의하고 싶다던 후배는, 며칠 후 전화를 해서 또다시 같은 고민을 되풀이하지 않을까.

일 났네! 귀남 언니

━━━━━━━━━━━━━

○   이른 아침, 귀남 언니가 전화를 했다. 동이
트기를 기다려 한 전화 같았다.

"너무 이르쟈? 너무 급해서 못 지달리고 전화했어
야!"

무슨 급한 일이 있는 모양이었다.

"있잖여. 시상에 살다 별 꼴을 다 본다야? 어찌해
야 할지 모르겄어."

귀남 언니는 숨이 차 말문이 막히는지 잠깐 쉬었
다 말을 이어 갔다.

"내가 식당에서 일하는 거 너도 알제?"

귀남 언니는 식자재 회사 직원 식당에서 조리를
하고 있었다. 음식 솜씨가 좋아 식당가에서 인기가
많았지만 옮겨 다니지 않고 몇 년째 같은 곳에서 일

을 하고 있다.

"우리 동네에 장애 영감이 있이야. 맹인이여. 혼자 사는 영감이 안돼 보여 음식을 갖다 주곤 했제. 월 매나 불쌍허냐. 맹인이 제대로 먹기나 헌가 싶어 종종 그 집에 갔는데, 글씨, 그 영감이 신고를 했댜. 내가 도둑질을 혔다고 말여. 경찰서에서 나오라고 연락이 왔는디 워쩐다냐. 이게 뭔 일인지 모르겠어."

귀남 언니가 그 시각장애인 집에서 초콜릿과 손수건, 집 나간 아내 블라우스를 훔쳐 갔다는 신고가 들어왔다는 것이다.

"미치고 환장할 일이여. 벼룩의 간을 내먹는 게 쉽지, 맹인 영감 물건을 훔친다는 게 말이 되냐? 음식 괜히 갖다 줬어야. 야, 근디 그 영감이 그런 물건이 없어진지를 워찌 알았댜? 앞도 못 보는 영감이 와이쁘 블라우스가 없어진 걸 워찌 아냐고? 안 그려? 의심 가는 게 한둘이 아니여."

언니는 장롱에 있는 블라우스를 어찌 시각장애인 영감이 없어진 걸 알았겠느냐며 거의 탐정 수준이 되어 있었다.

"야, 근디 더 웃기는 게 있어야. 그 옆 빵집 여자가

수상혀. 늘 빤쓰가 다 보이는 짧은 치마를 입고 동
네 영감들을 죄다 빵집으로 불러들여 빵허고 우유
를 먹게 하잖여. 외상 장부를 두고 말이여. 나도 언
제 맹인 영감을 따라 두어 번 갔어야. 영감이 고맙
다고 끌고 가드만. 그날도 그 여편네가 빤쓰가 보
일랑 말랑한 치마를 입고 빵이랑 우유를 주잖여.
근디 오만 원이 나왔어야. 시상에! 영감허고 내가
뭔 빵을 오만 워치나 먹었다냐? 그 여편네가 장부
에 달아 놓는다고 허드라."

언니는 이번 사건이 빵집 여자가 꾸민 계략이라며,
여자의 신상을 비롯해 평소 행실을 낱낱이 까발렸다.

"내가 맹인 영감을 꼬셔 빵집에 와서 사십만 원치
빵을 먹었댜. 그 빵집 년이 영감 딸에게 전화히서
빵값 갚으라고 했댜. 내가 영감을 끌고 와 빵을 먹
었다고. 영감 딸이 내게 전화히서 빵 값 내라고 허
드라고. 시상에 별일이 다 있어야?"

귀남 언니는 억울해 딱 죽어 버리고 싶은 심정이
란다. 가슴팍을 퍽퍽 치는 소리가 전화기를 통해 들
려왔다. 앞도 못 보는 노인을 챙기며 복 짓는 일이라
고 생각했다는데 이런 일을 당했으니 얼마나 속이
상했을까. 빵 값은 둘째 치고 절도죄로 경찰에 구속

이 될 상황이 되었으니 귀남 언니 상황이 말이 아니었다.

"야, 그란디 영감이 장애인이라 절도죄가 강력계 담당이랴. 강력계는 쫌 쎈 데라는디 워쩐다냐? 심장이 벌벌 떨려 오줌 싸겄어야. 무서워서 잠을 한숨도 못 잤어. 내가 경찰에게 그간 일을 다 야그형께 신고가 들어와 어쩔 수 없다잖여. 아이고, 이 일을 어쩐다냐? 니 신랑한티 좀 물어보믄 안 되겄냐? 나가 그래서 이리 일찍 전화했으야. 나 감옥 가믄 억울혀서 죽지도 못할껴."

참 살다 보니 별 이상한 일도 다 있다. 한 동네 사는 시각장애인 노인이 마음에 걸려 음식을 가져다주다 절도죄 누명을 쓰게 생겼다니, 기가 막힐 일이다. 귀남 언니가 억울하다고 울며불며 난리를 치자 경찰이 귀남 언니에게 시각장애인 영감님과 같이 거짓말 탐지기를 사용해 보자고 했다 한다.

"그란디 그걸 해도 괜찮으까? 내가 맹인 영감 초코렛 가져가지 않았다고 나오까? 야, 근디 고민이 있어야. 내가 옛날에 어떤 이한티 거짓말 한 번 했는디, 그것이 나오믄 어쩐다냐? 그것이 걱정이여. 그래서 탐지기 헌다고 대답을 못 했어야. 니 생각은

워뗘?"

이 순진한 언니를 어쩌면 좋을까? 귀남 언니는 자신의 결백을 거짓말 탐지기가 밝혀 줄 수 있을 것이라고 생각하면서도 한편 걱정이 된 모양이었다. 전에 한 거짓말이 탐지기에 드러날까 봐 선뜻 탐지기 사용을 허락하지 않았다는 것이다.

"빵집 빤스 보이는 그년이 영감하고 꾸민 짓이 분명혀. 그년이 돈독이 올라서 영감들을 데리고 장난하는겨. 내 돈 뜯어 가려고 말여. 내가 아무리 멍청혀도 그 정도는 안당개. 야, 고 빵집년 어떻게 감옥에 처넣을 수 없으까? 고년 땜시 영감들 다 죽어야. 맹인 영감까지 끌어들이는 걸 보믄 모르겄냐? 그년 단수가 고단수여."

귀남 언니는 빵집 여자가 동네 노인들을 빵집으로 불러 매상을 올리고 사기까지 친다고 확신했다.

"백 프로 그년 짓이여. 천벌을 받을 년. 고년 때문에 동네 영감들 말이 아니랑께. 아이고, 저승사자는 뭐하는지 모르겄어. 고런 년 안 잡아가고."

귀남 언니는 분해서 못 살겠다며 두어 시간 얘기를 쏟아 내었다. 남편 잃고 혼자 산 것도 속상한데 누명까지 쓰게 되었다며 팔자 타령으로 이어졌다.

"무신 놈의 팔자가 이런다냐? 좋은 일 하고 착하게 살았는디, 이 무신 꼴이다냐. 내가 아무래도 잘못 살았나벼."

귀남 언니만큼 악착같이, 착하게 산 사람이 또 얼마나 될까. 귀남 언니는 남편이 떠나고 두 딸과 세상에 남겨졌을 때, 온 세상이 까맣더라고 했다. 죽어 버리면 모든 게 끝날 것 같았지만 두 딸이 걸려 죽지 못했다고 했던가. 밤낮없이 일하며 아이들 교육시키고 살림을 일으키는데 두 손마디가 다 뭉개졌다. 그렇게 살아온 귀남 언니가 이런 일을 당하게 되었으니 말이 아니었다.

시각장애인 노인을 데려와 사십만 원어치의 빵을 먹고 집에서 초콜릿과 손수건, 시각장애인 아내의 블라우스를 훔친 죄까지를 씌워 귀남 언니를 곤경에 빠뜨린 진짜 범인은 누구일까?

귀남 언니가 왜 동이 트기를 기다려 전화를 했는지 이해가 가고도 남았다. 누군가와 상의할 사람도 없이 밤새 뜬눈으로 새웠을 언니. 귀남 언니가 내게라도 얘기를 쏟아 내어 분하고 억울한 마음이 조금이라도 줄었다면 얼마나 좋을까.

하지만 귀남 언니가 누구인가. 삼십 년을 남편 없이 바르작거리며 세상풍파를 헤쳐 나온 여자, 엄마, 아줌마가 아닌가. 이 정도야 언니에게는 죽 먹기보다 쉬운 일이다. 또 한 번 풍랑을 맞고 버둥거리는 중이지만 언니는 반드시 으쌰으쌰 노를 저어 또 빠져나오고 말 것이다. 나는 그런 언니 곁에서 끝까지 파이팅을 외칠 것이다.

4부

아이의
손을 놓자

그렇게 힘이 드나요?

○　　　　外출했다 들어온 아들이 나를 덥석 끌어안

으며, "방목해 줘 고마워요." 한다. 예전 직장 선배를

만나 저녁을 먹고 오는 중이란다. 선배가 참 안됐다

며 들려주는 얘기에 많이 놀랐다.

"실화니?"

도저히 이해가 되지 않아 아들에게 물었다.

선배의 현재 상황이란다. 엄마의 지나친 간섭 때문

에 다니던 직장을 그만두고 집을 나온 선배는 엄마

가 찾지 못할 곳으로 잠적을 했다가 다른 직장에 재

취업을 했다. 선배는 엄마의 요구대로 유학을 다녀

왔고, 대기업에 취업했다. 사회생활 시작하면 좀 덜

해질 줄 알았으나 선배의 엄마는 직장에 찾아오고,

회식 장소에 나타나 딸을 끌고 가며 딸의 사생활에

시시콜콜 간섭을 했단다. 심지어 집에 늦게 들어오는 날에는 때리며 소리를 지르는 바람에 경찰까지 출동한 적이 있다는 선배의 말에 아들은 어지간히 놀란 모양이다.

"그런 얘기를 하며 선배가 막 웃어."

그런 선배가 무서웠고 안쓰러웠단다. 그렇게라도 웃지 않으면 미쳐 버릴 것이라고 말했다는데, 무슨 팥쥐 엄마도 아니고 요즘 세상에 엄마에게 그런 구박을 당하며 사는 딸이 있다니 놀라웠다.

외동딸을 잘 키우려고 심혈을 기울인 엄마가 있었다. 엄마는 아이가 유치원에 들어가자마자 영어, 수학, 글쓰기, 미술 학원에 이르기까지 학원 스케줄을 잡아 두고 아이를 종일 자동차로 실어 날랐다. 아이를 특별히 키우고자 하는 그녀의 노력은 참으로 대단했다. 아이 또한 엄마의 기대에 부응하는 것처럼 보였다. 엄마는 자신의 아이가 영재라고 생각했고, 주위 엄마들은 그녀를 부러워했다. 옷차림부터 말씨까지 엄마는 아이의 모든 것을 통제하며 관리하고 있었다. 아이의 중학교 진학을 위해 교육열이 좀 높다는 지역으로 아이의 주소지를 옮겼고, 하루 종일 아이와 한몸처럼 살았다.

그러다 내가 이사를 하면서 그 모녀를 오랫동안 보지 못했다. 어느 날, 자동차를 타고 가던 중이었다. 차들이 빵빵거리며 멈춰 섰는데 머리가 희끗희끗한 여인이 길에 나와 서성거렸다. 그 엄마였다. 세월이 흘러 모습이 변했지만, 분명 그 엄마였다. 나는 진정이 되질 않아 갓길에 차를 세우고 그녀와 가까이 지냈던 지인에게 전화를 걸었다.

"그 엄마, 맞아!"

"무슨 일이 있었기에?"

"딸 때문이겠지."

주소지까지 옮겨 가며 중학교에 보냈던 그녀의 딸. 하지만 중고등학교에 진학해서는 엄마의 기대에 부응하지 못했단다. 그 후, 그녀의 정신이 이상해졌다는 것이다.

"설마? 말도 안 돼."

믿을 수 없는 말이었지만, 조금 전 보았던 그녀의 모습이 자꾸 아른거렸다. 착잡했다. 나는 차를 다시 돌렸다.

"3.14, 반지름. 3.14, 반지름. 3.14, 반지름……."

이라는 말을 반복하며 길에서 안절부절 못 하는

그녀, 나는 그녀에게 다가서지 못하고 돌아왔다.

그 모습이 한동안 눈에 밟혀 우울했다.

이 세상에 자식 욕심 없는 부모가 얼마나 있을까. 내 자식이 나보다 좀 더 나은 삶을 살아 주기를, 더 한 무엇이 되기를 바라는 마음, 이해하고도 남는다. 하지만 부모의 욕심을 채우기 전, 아이가 행복한지를 반드시 물어야 한다. 아이가 원하지 않은 길로 몰아세우거나, 남의 아이보다 잘해야 된다고 다그치는 부모, 그런 부모 밑에서 자라는 아이라면 언젠가는 부모를 남보다 못한 존재로 여길지 모른다.

내 큰아이는 초등학교에 들어갈 때까지 한글을 익히지 않은 상태였다. 쓰기 정도는 학교에서 배우는 것이라고 생각했다. 대부분의 아이들은 이미 한글을 익혀 온 상태였으니 아이의 받아쓰기는 늘 60점을 넘지 못했다. 다른 부모들이 걱정했지만 나는 담담했다. 때가 되면 글이야 깨우칠 것이라 생각했고, 아이가 친구들과 소통하는 데 문제가 없었기 때문에 걱정이 되지 않았다. 아이는 서서히 쓰기를 읽혀 나갔다. 그리고 지금껏 한글 쓰는 문제로 어려움을 호소해 본 적이 없다.

받아쓰기에 백 점을 받고, 흔히 말하는 좋은 대학

에 들어가 좋은 직업을 가진다면 아이들이 행복할
까. 그래서 엄마라면 아이에게 늘 물어야 한다.

"지금 행복하니?"

성공의 기준이란 정하기 나름이다. 무슨 일을 하든
행복감을 느낀다면 그게 바로 성공이다. 불행은 타
인과의 비교로부터 비롯된다는 것, 자식을 둔 부모
라면 알아야 한다. 아이가 불행하고 내가 불행한 길
을 굳이 걸어갈 필요가 없다.

서로를 원망하지 않고 부모와 자식이 유쾌하게 살
아갈 수 있는 길을 택해야 하리라. 아이는 결코 내가
아니라는 사실, 나처럼 될 수 없는 인격체다. 성장하
는 동안 "넌, 잘하고 있어." 말해 주기만 한다면 아이
는 그렇게 말하는 부모를 믿고 더 잘할 수 있지 않을
까? 아이를 공장에서 찍어 내는 물건처럼 만들지 않
으려고 애썼는데, 오늘 내 아이가 "방목해 줘 고맙
다."는 말을 하니, 더없이 고마웠다.

"이 세상에 엄마만큼 널 사랑하는 사람은 없다. 넌
아주 멋지다. 지금도 넌 충분해."

이렇게 말하는 엄마라면, 큰아이의 직장 선배처
럼 엄마를 떠나 세상 어딘가에 숨어 살고자 하는 자

식은 없을 것이다. 기대에 못 미친 딸 때문에 정신을 놓고 거리를 서성이는 엄마가 되지도 않겠지.

때가 되면, 아이의 손을 놓아야 한다. 그게 엄마가 아이에게 줄 수 있는 진짜 사랑이다.

결혼식보다는

○   미순 씨는 요즘 걱정이 많다. 아들을 둘 낳
아 주위의 부러움을 한몸에 받았건만 요즘 아들 가
진 게 자랑이 아니게 되었단다. 미순 씨는 큰아들이
장가를 가겠다는데, 방 한 칸 해 줄 형편이 안 된다
며 우울해한다. 이제 겨우 취직해 모아 놓은 돈도 없
을 텐데 집은 고사하고 결혼식부터 걱정이다. 뉘 집
아들은 몇 억짜리 전세를 얻어 주었고, 뉘 집 아들은
아예 집을 사 주었다는 얘기를 들을 때마다 마음이
타들어 간다는 미순 씨. 아들 가진 내 마음이 미순
씨 마음과 다르지 않다.

얼마 전에 다녀온 결혼식 생각이 난다. 작은 성당
에서 조촐하게 치른 결혼식이었다. 얼굴도 모르는
부모님 친구들은 초대하지 않겠다는 아들과, 그동안

뿌린 축의금이 얼마냐며 대형 예식장을 고집하는 아버지가 한동안 맞섰다고 한다. 자식 이기는 부모 없다더니, 결국 부모는 아들에게 졌고, 나는 그 작은 결혼식에 특별히 초대받는 행운을 얻었다.

열한 평짜리 원룸을 신랑 신부가 반반씩 부담해 마련했다는 얘기를 들으니 더 기특했다. 어지간한 살림은 빌트인 되어 있는 집을 얻었으니 침대와 밥솥, 식기 몇 개와 냄비, 숟가락, 젓가락 몇 벌만 준비하면 된다 했다. 함께 있는 것만으로도 좋은데 뭐가 더 필요하겠느냐고 말했다는 아들 이야기를 들으니 그 부모가 더욱 빛나 보였다.

치과 대학을 나온 딸을 결혼시킬 때 우리 언니는 고민이 참 많았다. 모든 걸 예식 주인공이 알아서 한다고 펄펄 뛰는 바람에 언니 부부는 예식날, 빌린 한복을 입고 예식장에 앉아 있는 일이 전부였다. 결혼식 주인공이 그리 하라는데 별 수가 없었다는 것이다. 그런데 하객들이 "결혼식이 너무 초라한 거 아니야?" 하더란다. 다들 성대한 결혼식을 예상했던 모양이다. 잠깐 지나가는 결혼식에 돈을 낭비하고 싶지 않다며, 신혼부부는 예복에 한복까지 빌려 입고 예

산 5백만 원으로 모든 걸 해결했으니, 성대함과는 거리가 한참 먼 결혼식이었다. 스물네 평 전셋집에 소파 하나, 인터넷을 통해 구입한 살림살이 몇 개가 전부라는 조카아이의 신혼집에 들렀다. 놀랍고 또 놀라웠다. 그런 선택을 한 우리 조카가 그렇게 빛나고 귀해 보일 수가 없었다.

나는 1980년대 말 결혼해 열세 평짜리 빌라에서 신혼 생활을 시작했다. 결혼 비용을 줄여 빌린 전셋집에서 아이를 낳고 길렀다. 당시 많은 신혼부부들이 그렇게 시작했다. 함께 살 수 있다는 것만으로도 충분히 행복했고, 집이 얼마나 큰지 살림살이가 얼마나 많은지는 중요하지 않았다.

그 시대 태어난 아이들이 훌쩍 자랐다. 하지만 많은 아이들이 결혼을 못 해 부모의 마음을 졸이게 한다. 어떤 부모는 살고 있던 아파트를 팔아 아들의 전셋집을 얻어 주고 지방으로 내려갔고, 어떤 부모는 그렇게도 할 수 없어 마음 아파한다. 한마디로 아들을 낳아 등골이 휘는 부모에, 노후는커녕 둥지를 잃고 거리에 나앉게 될 부모들이 한둘이 아니다.

딸이라고 쉬울 리 없지만, 아들이 대학 나와 취업해 장가 가는 일이 쉽지 않다. 형편이 되는 집이야

"억! 억!" 소리 나는 집 한 채 마련해 주는 게 어렵지 않겠지만, 신혼집 마련이 어려워 결혼을 미루는 젊은이들을 무슨 말로 위로할 수 있을까.

정부는 나라의 미래를 위해 아이를 많이 낳아야 한다고 한다. 하지만 살 집도 구하기 힘든데 아이를 낳으라 하니, 남의 둥지에 알을 낳아 새끼를 키우는 뻐꾸기라도 되어야 할 판이다.

요즘, 부모의 마음을 헤아리는 자식들이 조금씩 늘어 간다니 참 다행이다. 신랑 신부가 결혼 자금을 똑같이 분담해 보금자리를 마련하고 작은 결혼식에 예단 예물까지 생략한다니 더없이 반갑다.

어디 그뿐이랴. 지인의 아들은 결혼 비용을 절약해 양가 부모에게 여행까지 보내 주었단다. 그간 길러 준 은혜에 보답하는 마음에서라는 아들의 편지를 읽고 왈칵 눈물을 쏟았다는데, 그런 아들을 둔 지인이 한없이 부러웠다.

미순 씨가 장가 가는 아들에게 행여 집 사 주고 열세 평 다세대 주택으로 이사 가는 결정을 내리진 말아야 할 텐데……. 미순 씨 아들도 부모의 마음을 헤아려 이렇게 말한다면 얼마나 좋을까.

"엄마, 결혼은 우리가 알아서 해요. 엄마는 그냥 축

하만 해 주세요."

그러면 나는 또 미순 씨를 마냥 부러워하며, 아들의 앞날을 축복하고 또 축하할 것이다.

자랑 좀 해도 돼

○　　　친구들 모임에서 자식, 남편 자랑에 입에 침이 마르지 않던 친구 희숙이. 손자 자랑까지 쏟아 내자 친구 명남이가 소리쳤다.

"야, 이제 자랑하려면 돈 내고 해!"

희숙이의 표정이 굳어지는가 싶었다.

"자랑 좀 하면 안 되니? 너도 자랑하면 되잖아!"

왁자지껄하던 분위기가 순간 싸늘해졌다. 친구들이 "자랑 좀 하라"고 할 때마다 손사래를 치던 명남이가 하는 말은 늘 한결같았다.

"낯부끄럽게……."

겸손한 친구여서 그럴 수도 있고, 다른 사람 의식해서 그런 것일 수도 있고, 그것이 품위 있는 태도라 생각해 그런 것일 수도 있겠다. 입만 열면 자랑질이라고 희숙이를 못마땅해 하던 명남이가 결국 일을 내고 만 것이다. 희숙이의 자랑에 그저 순수한 마음으로 박수를 쳐 주는 게 쉽지 않았던 모양이다.

친구 명남이처럼 남의 마음을 헤아려 자랑을 하지 못하는 사람이 있는가 하면, 친구 희숙이처럼 지나치다 싶게 자랑을 하는 친구도 있다. 어디 사람이 똑같을 수 있을까.

"앞으로 자랑을 하고 싶은 사람은 점심 사기로 하자! 밥도 먹고, 회비도 모으고, 일석이조네!"

모임의 총무를 맡고 있는 경희의 말에 다른 친구들은 모두 웃었지만 희숙이와 명남이는 웃지 않았다.

헤겔이 그랬다. 인간의 삶은 다른 사람의 인정을 받기 위한 투쟁의 연속으로, 끊임없이 인정을 받고자 노력하는, 생존을 위한 욕구가 바로 인정 욕구라고. 공자는 반대로 이야기했지만 말이다.

『논어』의 「학이편」을 보면, "인부지이불온 불역군자호 人不知而不慍 不亦君子乎"란 말이 있다. "남이 자신을 인정하지 않더라도 서운한 마음을 갖지 않아야 군자라 할 수 있다"는 것이다.

남이 인정을 하지 않아도 서운한 마음을 갖지 말라니, 참 어려운 일이다. 인간은 남에게 인정받지 못한다고 생각하면 삶을 쉽게 비관할 수 있다. 아무리 공자가 소인배라고 몰아붙여도 어쩔 수 없다. 혼자 사는 게 아니고 공동체 삶을 살아가는 동안만은, 타인보다 나은 삶을 살고자 하는 욕구를 갖고 살 수밖에.

남에게 인정받는다는 것은 즐거운 일이다. 타인에게 인정을 받았을 때 살아 있다는 느낌을 받는 것은 인지상정이다.

나이가 들면 칭찬 받는 일이 줄고 인정받을 일이 줄어든다. 눈칫밥에 천덕꾸러기가 되지 않을까 걱정이 많다 보니 자신감이 떨어진다. 그런데 구순을 바라보는 나이임에도 자신감에 불타 있는 노인이 있다. 바로 내 아버지다.

아버지는 자기 관리를 철저히 하신다. 눈이 오나 비가 오나 바람이 부나 거의 매일 걷고, 복지관에 나가 친구들과 어울리며 주말엔 교회에 가려고 새벽같이 준비를 하신다. 그뿐 아니다. 일주일에 두 번은 기본으로 목욕탕에 가시고 불가리아 향수가 떨어지기 무섭게 주문하신다. 노인이 무슨 향수냐며 엄마가 책망하실 때마다, "질투하는 거여? 뺏길까 봐?" 농담까지 날리는 여유를 갖고서 말이다. 나이가 들수록 몸을 깨끗이 하고 좋은 향을 써야 한다는 것이 아버

지 지론이다. 즐겁게 살아야 건강하게 백 살까지 살
수 있다는 믿음을 갖고, 골골거리는 딸들에게 늘 일
침을 놓으신다.

"쯧쯧, 나이 육십에 빌빌거리다니, 원!"

두어 해 전 언니와 부모님을 모시고 나라 밖 여행
을 했다. 여행사에서 비슷한 여행객을 모았는지, 여
행객 대부분 나이가 육십이 넘었다. 패키지여행치고
는 스케줄이 여유로워 처음 만난 사람들이었음에도
한담을 나누며 점심으로 샤브샤브를 먹는 중이었다.
칠십이 넘었다는 남자 한 분이 조금 들뜬 목소리로
말했다.

"이번 여행은 우리 딸이 벌써 세 번째 보내 준 여
행이라오!"

모두 효녀를 두었다고 칭찬에 칭찬을 거듭하며 그
남자를 부러워했다.

"그것뿐 아니에요. 그랜저자동차도 사 주었어요."

옆에 있던 그의 아내가 말했다. 대단한 딸을 두었
다고 부부를 향해 부러움과 칭찬을 한껏 날리고 있
는데, 젓가락을 탁자에 내려놓으며 아버지는 "음,
음." 하고 헛기침을 두어 번 하셨다.

"우린 해외여행이 이웃집이여. 자동차는 모두 땡땡
이고. 자식들, 손자들 모두 '사' 자여!"

목을 꼿꼿이 세우고 얼굴에 엷은 미소까지 띄운
아버지. 엄마가 아버지 옆구리를 쿡쿡 찔렀지만 아버
지는 눈썹 하나 까딱 하지 않은 채 목청을 돋우셨다.

"교수가 둘, 변호사 둘, 교사 둘, 목사에 약사, 의사
도 셋이여!"

아버지를 향해 여기저기 탄성이 터졌다. 참으로 민
망했다. 언니와 내가 아무리 눈치를 주어도 소용없
었다. 아버지는 여행 마지막 날까지 칠십 대 부부를
붙잡고 그 얘기를 반복하셨다.

"재밌잖아요. 그냥 두세요. 노인이 되면 그런 재미
로 사신대요."

직장에서 퇴직 후 팔순이 된 어머니를 모시고 온
육십 대 남자분이 재미있어 죽겠다는 얼굴로 말했
다. 딸 자랑 한번 했다가 아버지에게 붙들린 칠십 대
부부는 여행 이틀째가 되자 아버지를 슬슬 피하기
시작했다.

한 편의 코미디를 보는 것 같았다. 공자의 말이 무
색하게 아버지는 씩씩했고, 나와 언니는 민망했지만
덕분에 다들 많이 웃었다.

남 앞에 자신을 드러내는 일은 쉽지 않다. 자랑하기 좋아하는 친구 희숙이 때문에 심기가 불편한 명남이처럼 사는 것보다, 하고 싶은 말을 마음껏 하며 유쾌하게 사는 친구 희숙이나 아버지가 나는 부럽다. 나이가 들어도 불가리 향수를 고집하며 당당하게 사시는 아버지처럼 나도 쫄지 말고 살아야겠다. 자랑할 일이 많이 생겨 모임에 나가 밥도 자주 살 만큼 자랑거리가 많아야 할 텐데.

누구랑 먹지?

○   미국에서 지내는 몇 년 동안 주택에 살았다. 그림 같은 집은 아니었지만 뜰이 넓어서 좋았다. 잔디와 식물 가꾸기에 열을 올리는 동네 사람들이 신경은 좀 쓰였으나 아파트에서만 살았던 나는 무엇보다 부드러운 잔디 위를 맨발로 걸어 다니는 일이 좋았다. 옆집에 사는 노부부는 동네에서 손꼽히는 정원을 갖고 있었다. 노부부는 끊임없이 매일 잔디에 물을 주고 나무와 꽃을 돌보았다. 뜰을 가꾸지 않은 가정에 벌금을 부과한다는 노부부의 말이 신경이 쓰여 나도 뜰에 꽤나 많은 시간을 들였다.

하지만 잔디 돌보는 일이 쉬운 일이 아니었다. 제때 깎아 주어야 했고, 물도 뿌려 주어야 했으며, 손 가는 일이 한두 가지가 아니었다. 게다가 민들레나 토끼풀이 잔디에 자리를 잡으면 걷잡을 수 없게 번져 수시로 뽑아내야 했다. 그냥 두었다가는 잔디가 죽기 때문이었다. 어디 그뿐인가. 비라도 한 번 내리고 나면 온갖 잡초가 돋아나, 잔디 돌보는 일이 숙제가 되고 말았다.

"남의 나라 와서 풀 뽑다 돼지겠네!"

푸념을 늘어놓던 어느 날, 뜰 한편에 채소밭을 만들기로 했다. 그래야 잡초 뽑는 일이 좀 줄어들 것 같았다. 텃밭이 있었으면 좋겠다는 생각이 들어서이기도 했다.

삽이며 괭이 등 채소밭을 가꾸는 데 필요한 농기구를 사고 일꾼 흉내를 내기 시작했다. 잔디를 걷어내고 땅을 파는 일은 쉽지 않았다. 텃밭 만드는 일을 시작한 지 보름 뒤, 마침내 일곱 평 남짓한 채소밭을 갖게 되었다. 제대로 된 농사를 지어 보리라. '나에 의해, 나를 위한, 나만의 채소밭'이라는 생각에, 밭을 만들며 힘들었던 시간을 바람에 날려 보냈다.

채소를 맘껏, 욕심껏 길러 보리라며 씨앗을 준비했다. 붓 뚜껑 속에 목화씨를 숨겨 온 문익점 선생처럼 한국산 부추와 들깨 씨, 상추씨, 심지어 쑥이며 돈나물 뿌리까지 책갈피에 넣어 미국으로 들여왔다. 내

나라에서 즐겨 먹었던 채소를 마음껏 먹을 수 있을 것이라고 생각하니 수확도 전에 마음이 달떴다.

유기농 채소가 내 몸을 푸르게 물들이고 건강하게 해 줄 것이다. 무엇보다 타지 생활에 얼마나 큰 위안인가. 생각만으로도 흐뭇했다.

흙을 곱게 고르고, 씨앗을 꼭꼭 심어, 그저 물만 주어도 자라 주는 것들이 고맙고 사랑스러웠다. 아침저녁으로 텃밭을 들여다보는 일은 즐겁기만 했다.

청상추, 적상추, 꽃상추의 여린 잎을 따 부추를 맘껏 넣어 양푼 비빔밥을 해 먹으리라. 쑥으로 국을 끓이고 새콤달콤 무친 돈나물을 얹은 하얀 쌀밥을 먹고 싶은 마음이 간절했다. 빼곡하게 자란 들깨는 솎아 주고 바람에 쓰러지지 않도록 뿌리에 흙을 넉넉히 쌓아 두어야 한다는 것도 배웠다. 그 마음을 알았을까? 채소들은 하루가 다르게 무럭무럭 자랐다. 잔디를 걷어 내고 밭을 만드는 동안, 힘이 부쳐 몇 번이고 포기할까 했는데 그러지 않길 참 잘했다며, 학교에서 돌아오기가 무섭게 텃밭으로 달려갔다. 적상추, 청상추, 돈나물과 들깻잎을 따고 부추 잎을 자르며 콧노래를 불렀다.

그러던 어느 날, 양상추, 청상추 잎사귀에 송송 뚫

린 구멍을 발견했다. 별 탈 없이 잘 자라 주었던 채소들이 무슨 병이라도 생긴 건 아닐까? 인터넷을 뒤지며 원인을 찾아 보니 범인은 바로 민달팽이였다.

녀석들은 입에 맞는 채소만을 골라 먹어치웠다. 약을 쳐도 꿈쩍 않는다는 달팽이와 전쟁을 치러야 할 판이었다. 민달팽이는 양상추와 적상추, 케일 잎을 모조리 갉아 먹었다. 어디 그뿐인가. 며칠만 기다리면 단물이 뚝뚝 떨어질 딸기까지 먹어 치웠으니, 폴짝폴짝 뛰다 죽고 싶은 심정이었다. 알맞게 익으면 따 먹으려 아껴 오던 딸기를 달팽이에게 뺏기고 말았다니. 어쩌면 그렇게 타이밍을 잘 맞추어 붉게 익은 딸기만을 골라 먹었을까.

그깟 딸기 몇 알에 죽고 싶다니! 달팽이가 뭐라고 하든, 나는 이성을 잃고 소리치고 말았다.

"야, 정말 너무한다! 너희들 이제 다 죽었어!"

도저히 용서할 수 없을 것 같았다. 태어나 처음으로 내 손으로 만든 텃밭에서 내 손으로 키운 채소와 딸기 한 알을 먹어 보겠다고 쏟아 부은 시간들을 생각하니 화가 머리끝까지 치밀어 올랐다. 내 시간과 정성을 달팽이는 알아야 했다. 그 마음을 알았다면 그렇게 쉽게 먹진 못했을 것이다.

나는 달팽이를 없애기 위한 온갖 방법을 다 동원했다. 약을 뿌리는 것 말고 뾰족한 방법이 없다는 결론에 이르렀다. 하지만 내 입에 들어갈 먹을거리에 약을 뿌릴 수는 없었다.

결국 나는 맨손으로 달팽이를 잡기로 했다. 많은 시간을 달팽이 잡는 일에 매달렸다. 달팽이는 주로 밤에 활동했다. 밤이면 플래시를 들고 나가 요리를 해 먹고도 남을 만큼 달팽이를 잡아 빈 병에 넣고 뚜껑을 닫아 버렸다. 질식해 죽으라고 말이다. 남의 것을 도둑질한 죗값을 톡톡히 치르게 할 것이라며, 잡고 또 잡았다. 그렇게 하고 나서야 겨우 잠자리에 들 수 있었다.

텃밭을 지키겠다는 의지, 먹을거리를 뺏기지 않겠다는 일념으로 한동안 달팽이 잡기에 전력을 다했다. 덕분에 달팽이는 점차 줄어들었다. 채소는 다시 무럭무럭 자랐고, 마침내 채소밭을 바라보는 나의 마음에도 평화가 찾아왔다.

나는 상추와 깻잎을 따다 샐러드를 해 먹고, 비빔밥까지 먹으며 한국에 온 듯 호사를 누렸다. 주말이면 손님을 초대해 채소를 뜯어 주고도 채소가 남았다. 채소 가게라도 차릴까 생각할 정도였다. 그런데 언젠가부터 채소를 뜯어 오는 일이 개운치 않았다. 채소에 한이 진 사람처럼 그리 뜯어 먹었건만, 다 먹지 못해 채소를 버릴 때가 많아지자 그동안 잡아 죽인 달팽이들에게 좀 미안했다.

나는 더 이상 달팽이를 잡지 못했다. 구멍이 숭숭 뚫린 채소를 볼 때마다 달팽이의 작은 입 모양이 떠올랐다. 텃밭 주인 몰래 밤에 나와 먹이를 찾느라 더듬이를 길게 뻗었을 달팽이들……. 텃밭을 지키려고 플래시를 들고 악을 썼던 시간들을 생각하니 낯이 뜨거웠다.

마침내, 나는 달팽이와 텃밭을 나누어 갖자고 마음먹었다. 그러자 채소는 꼭 내가 먹을 만큼만 남게 되었다. 익지 않은 딸기는 달팽이도 싫어한다는 사실을 알게 되자 "딸기는 사 먹지 뭐." 하면서 마음이 넉넉해졌다.

나이가 한 살 더할 때마다 측은지심이 더해 간다.

참 다행이다.

길들인다는 것

○ 　　　우연히 〈며느리 모시기〉라는 텔레비전 프로그램을 보았다. 며느리가 시어머니가 될 사람을 간택(?)하는, 참 이상한 내용이었다. 아들 가진 엄마들이 어쩌다 이렇게까지 되었나 싶어 좀 쓸쓸했다.

하긴, 내 주변에도 이런 텔레비전 프로그램 정도는 우습지도 않은 이가 있다. 일 년 정도는 한집에 살아야 서로 정이 들고 소통할 수 있다며 한집살이를 고집했다. 주위에서는 "참 대단한 시어머니가 될 것"이라며 지켜보자고 했다. 부러움 반 염려 반이었다. 그러나 그 계획은 물거품이 되고 말았다.

아들에게 엄마의 마음을 전하자 말도 안 되는 소리라며 일축했다는 것이다. 아들이 결혼을 하자 시어머니는 아들이 즐겨 먹던 밑반찬을 만들어 하루

걸러 아들집에 드나들었다. 그러던, 어느 날 아들이 말했단다.

"엄마, 집에 불쑥불쑥 찾아오지 마세요."

이런 날벼락이 있나? 아들의 이야기를 듣고 다리가 후들거렸다 한다. 집에 드나들며 청소며 빨래까지 해 주고 직장 다니는 며느리를 도와준다며 내심 뿌듯해 했건만, 더 이상 그러지 말라니, 분명 아들 생각이 아니라 며느리 생각일 것이라며 서럽게 눈물바람이었다.

지금이 어느 세상이라고 며느리 집을 드나든단 말인가. 직장에 다니는 아들, 며느리를 위해 반찬을 만들어 나른다는 명분이야 그럴싸했지만, 살림은 제대로 하고 있나, 아들 잘 거두고 있나, 궁금한 게 한두 가지가 아니었을 것이다. 그렇게 아들네 집을 오가던 시어머니는 요즘 낙담이 이만저만이 아니다.

우리 작은언니 딸의 친구가 사촌언니의 며느리로 들어왔다. 어느 날 작은언니가 딸에게 들었다며 고민을 털어놓았다. 사촌언니 며느리가 "곰국을 싫어하는데 시어머니가 늘 가져다 놓으니 골치가 아프다."고 했다는 것이다. 딸에게 그 얘기를 들은 작은언니는 심난한 얼굴이 되었다.

"아무것도 모르는 큰언니를 어쩐다니?"

머느리가 곰국을 먹지 않고 계속 버렸다는데, 그런 줄도 모르고 곰국 잘 먹는 머느리가 예쁘다며 허구한 날 사골을 달였던 시어머니. 작은언니는 사촌언니가 이 사실을 알면 충격을 받을 게 뻔하니 묘안을 내라는 것이다. 아무리 머리를 굴려도 그럴싸한 생각이 떠오르지 않았다.

단도직입적으로 말할까? 아니야, 사촌언니 쓰러질 거야. 머느리 본다고 얼마나 좋아했는데. 그렇게 머느리를 생각하는 사촌언니가 사실을 알게 되면, 엄청난 배신감을 느끼겠지. 땀 흘리며 종일 달였다는 곰국을 버린 그 머느리가 괘씸하다며, 결국 작은언니는 사촌언니 편에 설 수밖에 없는 모양이었다.

"언니, 요즘도 머느리 주려고 사골 달여? 젊은 애들은 우리랑 입맛이 달라. 그러니까 이제 사골 그만 끓여."

"얘는 그게 뭔 소리래? 우리 머느리가 곰국을 얼마나 좋아하는데!"

사촌언니는 말 같지도 않은 소리는 하지도 말라고 했다. 딸만 셋인 네가 내 마음을 어떻게 알겠냐며, 작은언니 마음에 못을 꽝꽝 박았다. 곰국 통 싹싹 비우는 우리 며느리는 요즘 애들과는 다르다고 며느리 자랑을 늘어놓았다. 참다못한 작은언니가 소리쳤다.

"우리 애가 그러는데, 그 곰국 버렸대!"

순간, 사촌언니의 꼿꼿하던 고개가 내려앉았다. 푹 꺼진 눈꺼풀이 풀리는가 싶더니 언니는 아무 말도 하지 않았다. 결국 언니는 몸져 누워 한동안 일어나지 못했다.

지독한 배신.

결혼을 하고 시댁에서 보낸 첫 날이었다. 잠을 자는데 문밖에서 밤새 동동동동 동동동 소리가 났다. 살그머니 문을 열고 내다보니 대문 옆에서 무당이 물항아리에 바가지를 엎어 두고 두드리는 중이었다.

"새 식구 맞이굿이다. 어여 자거라."

어머니가 사흘 걸러 굿을 하는 무당 마니아이신 걸 미처 몰랐다. 어머니는 집안의 대소사부터 며느리 맞이굿까지, 전속 무당을 두고 늘 의지하셨다.

그렇게 몇 년이 지난 어느 날, 어머니가 우리집에 오시어 말씀하셨다.

"네 종교를 따를란다. 이제 이 집 며느리로 자리를

잡은 것 같으니 네가 우리 집 주인이다. 주인의 종
교를 따라야 가정이 화목하니 이제 나도 무당과는
단절할란다."

참 놀라웠다. 무당과 한몸처럼 살던 분이 무당을
끊겠다니 믿기지 않았지만, 성경책과 기도서를 가방
에 넣은 이후, 어머니는 단 한 번도 무당을 불러들이
지 않았고 돌아가시는 날까지 기독교인으로 사셨다.

며느리가 하는 일이 참 서툴고 잘못한 것도 많은
데 늘 인정해 주시고, 아이 낳고 공부할 땐 끝까지
하고 싶은 걸 놓지 말라며 응원해 주셨다.

행여 자식들 걱정할까 봐 늘 괜찮다, 걱정 말라시
더니 혈관이 막혀 손도 써 보지 못한 채 조용히 떠나
셨다. 그런 어머니를 생각하면 지금도 아프다. 참 지
혜로운 분이셨는데, 나도 며느리를 맞으면 그분처럼
할 수 있을지 걱정이다.

사람과 사람 사이,
누가 누굴 길들인다는 말, 얼마나 누추한가.

그대의 그녀

○ '말 한마디로 천 냥 빚을 갚는다'는 속담만 큼 말의 중요성을 강조한 말이 어디 있을까. '언어에 도 온도가 있다'고 하고, '세 치 혀에 칼이 있다'고도 한다. 말 한마디가 사람을 살리기도 하고 죽이기도 한다. 누군가 생각 없이 뱉어낸 말 한마디에 상처를 입고 평생 고통 속에 살아가는 사람도 있다. 어떤 사 람은 말을 잘해 천 냥 빚을 갚기도 하지만, 어떤 사 람은 자신도 모르게 내뱉은 한마디로 엄청난 생채기 를 남기기도 한다. 어느 날 언니가 언니의 지인 영희 씨와 함께하는 여행길에 나를 초대했다. 안면이 있 는지라 편한 마음으로 따라 나섰고, 낯가림 없이 이 런저런 얘기를 나누며 밥을 먹고 있던 중, 갑자기 영 희 씨가 숟가락을 내려놓으며 한숨을 푹 내쉬었다.

"먹으면 체할 것 같아. 분해서 도저히 밥이 넘어가
질 않네!"

심상찮은 영희 씨 말에 언니와 나 또한 숟가락을
내려놓고 말았다.

"들어 봐. 내가 못할 말을 했는지."

영희 씨에게는 이제 곧 돌이 되는 손자를 낳은 며
느리가 있다. 영희 씨는 며느리가 시집온 후 단 한
번도 일을 시켜 본 적이 없단다. 아이 낳아 기르느라
힘들겠다 싶어 반찬이며 이것저것 만들어다 주었다.
별 무리 없이 잘 지냈고, 사이좋은 고부라고 주위에
서 칭찬이 자자했다. 그런데 며칠 전이었다. 제사를
준비하던 영희 씨에게 급한 일이 생겼고, 며느리에
게 도움을 받을까 해 전화를 했다.

"아가, 제사 준비는 다 해 놓았으니, 좀 일찍 와서
호박전이랑 동태전만 좀 부쳐 줄래?"

영희 씨가 물었다. 그런데 며느리가 그러더란다.

"전을요? 그이한테 물어볼게요."

영희 씨는 며느리의 말을 반복하며 손으로 얼굴에
부채질을 해대었다.

"세상에! 이게 무슨 말이래? 그이한테 물어볼게

요? 기가 막혀. 지가 언제부터 남편에게 뭘 물어보며 했대? 시댁 제사 준비에 단 한 번도 도움을 청한 적 없는 시어미가 처음 한 부탁인데 신랑한테 물어본다고? 기가 막혀 말이 안 나오네. 내 며느리가 그 정도인 줄 몰랐어. 그런 애라고 생각도 못 했고. 시집와서 이 년이 다 되어 가지만 단 한 번도 그애 미워한 적이 없어. 며느리 잘 얻었다고 자랑을 그리 했건만 웬 날벼락이래?"

고부 갈등 같은 건 남의 일인 줄만 알았다는 영희 씨. 그래서 며느리의 말에 더 당황했단다.

"그동안 뭘 시키지 않아서 그랬을까? 요즘 애들 시어머니가 뭔 말한다고 듣는 애들 아니라고 생각했지. 지들끼리 잘살면 그만이지 싶어 일체 간섭도 안 했어. 간섭이 뭐야? 제사건 명절이건 내가 다 했지. 그런데 그런 식으로 거절을 하더라니까. 기가 차서. 뒤통수를 한 대 얻어맞은 거야. 속이 부글거려 며칠을 지옥에 떨어진 것처럼 살았어."

영희 씨는 흥분을 감추지 못했다. 그동안 며느리와 잘 지내 왔다는 말이 무색하게 며느리 흉을 보기 시작했다.

"지가 나한테 한 말은 뚝 잘라 먹고 전화를 해서

애 돌이 곧 돌아온다고 말하더라고. 딱 금 한 돈짜
리 돌 반지만 해 주자고 남편과 약속했어. 지들도
좀 당황하겠지? 기대를 하고 있을 텐데 말이야.
이제 나도 며느리처럼 남편에게 물어보고 행동하
려고."

영희 씨는 남편에게 물어보겠다는 며느리의 말을
자꾸만 곱씹었다. 손자 돌 선물도 며느리가 괘씸해
서 반지 하나만 준비하겠다는 영희 씨. 화가 나도 단
단히 난 모양이었다.

"글쎄, 친정에서 돈을 보태 좀 너른 집으로 이사를
가겠다고 하더라고. 그런데 고 맹랑한 것이 제 남
동생 전세방 보증금을 빼 넣고 동생을 들였더라니
까. 친정집에서 도와줬다고 하면서 말이야. 제 동
생 숙식 제공에 빨래까지 다 해 주면서 시댁 제사
에 전 한 접시는 못 부치겠다는 거 아냐. 이런 며느
리와 어찌 지낼지 앞이 깜깜하네."

영희 씨의 며느리 흉이 끝날 줄 몰랐다. 그동안 며
느리와 잘 지내 보려고, 가정불화를 일으키지 않으
려고 하고 싶은 말을 속에 꼭꼭 담아 두었다는 영희
씨. 그동안 묻어 둔 섭섭함까지 다 털어 내고 있었다.

"남편이 돈을 좀 주기로 했다는데, 그 돈 줬다가는

나랑 끝장날 줄 알라고 했어. 지들이 부모를 그렇게 대하는데 우리는 언제까지 퍼 주기만 하라고? 이제부터 나도 좀 정신을 차려야겠어. 세상에! 다 준비해 놓은 전 몇 개 부치라고 했는데 물어본다고? 아마 아들놈이 내가 뭐 시키면 하지 말라고 한 거겠지? 그런 걸 아들이라고 키웠으니 원! 며느리 고게 아들 말에 그리 쩔쩔매며 살았나? 도대체 이 복잡한 마음을 어떡한대?"

돌쟁이 손자를 보여 준다며 찾아오는 아들 며느리가 그리 고마웠건만, 이제는 그만 왔으면 싶단다.

"이제부터 며느리를 '아들의 그녀'로 손님 대하듯 해야겠어. 오셨습니까? 식사 준비는 되었으니 천천히 드세요. 음식 맛은 어떠셨나요? 후식은 뭘로 준비할까요? 며느리를 손님이라고 생각하면 좀 낫겠지? '그대의 그녀'로 말이야."

손님 대하듯 하면 마음이 조금은 덜 서운할 것 같다며 영희 씨는 연습하듯 반복했다. 혼자 말하고 혼자 웃고 하면서 말이다. 마음이 오죽했으면 저럴까 싶었다.

믿는 도끼에 발등을 찍히면 더 아플 것이다. 믿었던 사람에게 배신을 당했을 때 더 고통스러운 법이다.

마음의 온도는 어떤 말을 듣느냐에 따라 올라가기도 하고 내려가기도 한다. 자신이 하고 싶은 말에만 집중해 상대방의 마음을 고려하지 않고 내뱉는 말, 그런 말이 오고 갈 때, 어쩌면 우리는 평생 후회하고 살지도 모른다.

영희 씨가 다시는 아들 가족을 보고 싶지 않다고 했지만, 과연 그럴 수 있을지 모를 일이다.

내가 다 안고 갈란다

○   시어머니는 종갓집 종손과 혼인해 일 년 열
두 달 열두 번의 제사를 맡아 오셨다. 종갓집이다 보
니 연세가 드신 집안 당숙과 그 아들까지 참여하는
제사를 혼자 다 감당하신 것이다. 제사 때마다 며느
리를 불러들여 일을 시키고 푸념을 할 수도 있을 텐
데 그러지 않으셨다.

"너한텐 절대 안 물려줄란다."

요새 어떤 며느리가 당신처럼 살겠느냐며, 살아 계
시는 동안 모든 제사를 다 정리하겠다고 늘 말씀하
셨다.

"내 죽어도 절대 제사 지내지 마라. 죽으면 그만이
제, 제사가 뭐 소용 있다냐."

얼마나 제사에 신물이 났으면 그러셨을까? 그런

어머니는 아버님과 제사 문제로 오랜 기간 언쟁을 벌이셨다. 어느 날 집안 어른들이 모인 자리에서 어머니는 용감하게 말씀하셨다.

"이제 증조 제사부터는 시제로 모실라요. 애들 아부지하고도 얘기가 됐고만요."

어머니의 폭탄 발언에 집안 어른들은 혀를 끌끌 차셨고, 아버님을 바라보고 또 바라보시며 못마땅해하셨다.

"집사람이 몸도 성치 않고 더 이상 힘들다니 어쩌겠소."

아버님은 어머님 편을 드셨다. 시어머니를 향한 집안 어른들의 비난을 바가지로 받아 내시던 어머님이 내게 말씀하셨다.

"귀가 두 개인 이유가 뭐겠냐? 한쪽으로 듣고 한쪽으로 흘리라는 것 아니겄어. 신경 쓰지 마라. 그러다 말겄제."

어머님은 그렇게 조부모를 제외한 모든 제사를 집안 시제로 돌리셨고, 두어 해 뒤에 세상을 뜨셨다. 어머님이 세상을 뜨시자 조부모님과 어머님 제사는 아버님 몫이 되었다. 기독교 신자인 두 시누이는 추모 예배만 드리자고 말씀드렸다가 아버님께 된통 야단만 맞았다.

"내가 할란다. 남의 식구인 니들은 신경 쓰지 말이."

단호하셨다. 아버님의 뜻에 따라 조부모와 어머님의 제사를 큰아들인 남편이 받아들였다. 남편과 나는 아버님이 살아 계신 동안 아버님 뜻에 따르자고 했고, 제사는 큰며느리인 내 몫이 되었다.

친정 엄마 또한 일 년에 아홉 번 제사를 지내는 종갓집 며느리셨다. 유교 전통을 목숨처럼 여기던 할아버지 밑에서 치르는 제사란 까다롭기 그지없었다. 엄마는 몇날 며칠 제사 준비를 하셨고 제사상에 한 가지라도 빠질까 정신을 바짝 차려야만 했다. 어디 그뿐인가. 명절이 되면 끊이지 않고 방문하는 집안 어른, 일가친척에게 한 달 가까이 음식 대접을 하느라 다리 뻗고 쉴 날이 없으셨다. 종갓집 며느리면 당연히 해야 되는 일, 불평을 해서도 안 되는 일이라고 생각하며 말없이 그 많은 일을 치르셨다. 유학자셨던 할아버지의 전통 제례를 차질 없이 치러 내는 일은 아무나 할 수 없는 일이었다. 그런 일을 며느리에게 평생 강요했던 할아버지와 할머니는 구순이 넘어 돌아가셨다.

두 분이 세상을 뜨자, 어느 날 엄마가 말씀하셨다.

"이제 모두 시제로 모실라요."

친정 엄마의 선언에 아버지는 당황하셨다. 말도 안 된다는 아버지의 고집을 꺾는 데 많은 시간이 걸렸지만 결국 아버지는 엄마에게 지고 말았다.

"나이 들어 아픈 몸으로, 얼굴도 못 본 조상들 제사까지 지내며 살다 죽을 수 없어요."

엄마의 선언은 그랬다. 아버지도 그런 엄마를 더 설득할 수 없었다.

"집사람도 아프고, 이제 어쩔 수가 없게 되었습니다."

아버지는 할아버지, 할머니 제사상 앞에 앉아 고하셨다. 그 후 할아버지, 할머니를 제외한 모든 제사를 시제로 옮기셨다.

"네 엄마나 내가 세상 뜨면 너희들 알아서 해라."

아버지가 언젠가 우리들에게 이야기하셨다. 평생, "아무리 세상이 변해도 조상에 대한 도리를 잊으면 안 된다" 했던 분이 참 많이 변하셨다.

시아버지 또한 시조부모와 시어머니 제사를 모시러 우리 집으로 몇 해를 올라오셨다. 며느리인 나는 당신이 살아 계시는 동안만이라도 제사를 통해 위로

받고자 했던 그 마음을 이해했다. 준비해 놓은 제사 음식을 보며 흐뭇해 하셨고, 주위에 은근히 자랑을 하고 다니셨단다.

제사 지내는 며느리가 자랑거리가 될 만큼 세상이 변한 모양이다. 일 년 열두 달 제사를 지냈다는 나의 시어머니와 친정 엄마가 제사를 내려놓으셨고, 중년 이 된 자식들은 일 년에 한두 번만 제사를 지내는 중 이다. 부모님이 돌아가시고 남편과 내가 세상을 뜨 면 그 제사가 과연 명맥을 이어 갈지 모르겠다.

"제사가 무슨 의미가 있겠어. 산 자의 위로일 뿐이 야. 서운해 할 필요도 없고."

남편이 말했다. 이렇게 이야기해 주는 남편이라서 참으로 다행이다.

언젠가 나도 시어머니처럼 내 며느리 앞에서 이런 말을 할 날이 오지 않을까?

"제사는 내가 다 안고 갈란다."

어머니의 재봉틀

○   "엄마 재봉틀에 관심 있어요?"

시누이 전화였다. 아버님이 돌아가신 후 집 정리를 하던 시누이가, 큰며느리인 나에게 제일 먼저 전화를 했다 한다.

"오메! 웬 복이래?"

오래 전부터 재봉틀이 갖고 싶었다. 하나 살까도 생각했지만 언젠가 친정 엄마의 재봉틀을 갖겠다는 흑심(?)을 품고 사지 않고 있었다. 그런데 친정 엄마는 재봉틀을 언니에게 주고 말았다.

"왜, 언니야?"

원하지도 않은 언니에게 왜 재봉틀을 주었느냐고 따져 물었더니, 엄마는 "맏이니까!"라고 하셨다. 맏이라는 이유로 언니는 엄마의 재봉틀을 받게 되었다.

언니가 재봉틀을 좋아하지 않으니 둘째인 내게 주어
야 마땅하다고 했지만 엄마는, 언니 것이 되었으니
언니와 상의하라고만 하셨다. 맏이가 못 되어 좀 서
러웠다. 정작 재봉틀을 받은 언니는 한 번도 재봉틀
을 쓴 일이 없다.

"탐이 나면 줄까?"

언니가 그러면 좋겠는데, 아무리 기다려도 그 말을
입 밖에 내지 않는다. 값싸고 가벼운 손재봉틀도 많
다는 소리나 했다.

아무리 값이 싸고 가벼운 재봉틀이 많다지만 나는
그런 재봉틀에는 별 관심이 없다. 무겁고 낡았지만,
엄마 손때가 묻은 그 재봉틀이 나는 한사코 갖고 싶
었다. 언니에게, 현대식 손재봉틀을 하나 사 주겠다
고 해도 언니는 꿈쩍하지 않았다.

엄마는 여섯 아이의 옷을 거의 만들어 입히셨다.
옷감을 떠다가 손수 드륵 드르륵 재봉틀을 돌렸던
엄마는 꼭 마법사 같았다. 언니에게 작아져 못 입게
된 옷은 투둑 뜯어 새 옷을 만들어 내게 입히셨다.
나는 언니 옷 그대로도 괜찮았는데, 엄마는 언니 옷
을 그대로 내게 입히는 법이 없으셨다.

둘째 딸이 마음 상할까 봐 그랬을까? 그 당시 흔하지 않던 프릴을 달거나 모양을 넣어 "이건 세상에 하나밖에 없는, 너만의 옷이야."라는 말을 꼭 하셨다.

주머니나 무릎이 닳은 곳에 다양한 천을 붙여 다른 모양의 옷을 만들어 내셨다. 오히려 언니가 입었던 옷보다 훨씬 좋아 보여서 언니가 그 옷 입은 나를 시샘할 정도였다. 나는 엄마가 만들어 준 멜빵 달린 주름치마에 프릴 달린 흰 블라우스를 받쳐 입고 초등학교에 입학했다.

엄마가 재봉틀 앞에 앉아 바퀴를 돌릴 때마다 그 곁에 붙어 바퀴가 돌아가는 모양을 지켜보곤 했는데, 나는 엄마의 재봉틀 소리가 참 좋았다. 그 소리를 들으면 평화로웠다. 엄마가 우리를 위해 무언가를 만들고 있다는 것만으로도 행복감이 밀려왔다.

'이번엔 누구 차례일까?'

엄마의 두 발이 인사하듯 까딱까딱 발판을 누르고 뗄 때마다 재봉틀에 달려 있는 모든 것들이 순서대로 움직이며 새 옷을 만들어 냈다. 신비로웠다. 그렇게 마법 같은 시간이 지나면, 엄마는 갓 만들어 낸 원피스 한 벌을 들고 밖에 나가 먼지를 털고, 당신 옷에 묻은 실밥을 툴툴 떨어내며 행복해 하셨다.

그렇게 완성된 꽃무늬 원피스를 딸들에게 입혀 놓고 세상에서 가장 행복한 웃음을 지으셨던 엄마. 당신 손으로 만든 옷을 입은 딸들을 보면 가슴이 벅차올랐다고, 엄마는 두고두고 말씀하셨다.

　이 세상 단 하나밖에 없는 옷, 수고와 사랑으로 만든 옷을 자식들에게 입힌 엄마의 마음을 고스란히 간직한 재봉틀. 그 재봉틀에는 엄마와 내 형제들에 관한 숱한 이야기가 있고, 내 어린 날의 추억이 고스란히 남아 있다.

　피카소의 여섯 번째 여인이었던 프랑스와즈 질로는 그녀의 대화집 『여자들의 사회』를 통해, 다섯 살 때의 일을 얘기한다.

　프랑스와즈의 외할머니 집에는 '죽음의 방'이 있었다. 1차 세계대전에 참전한 두 아들을 잃게 된 외할머니는 전쟁에서 돌아오지 않은 두 아들의 방을 '죽음의 방'이라고 불렀다. 그런데 어느 날 그 '죽음의 방'에 재봉틀 한 대를 들여놓고 옷을 만들기 시작했다. 외할머니의 재봉틀 때문에 삼촌들의 '죽음의 방'은 끊임없이 옷을 만들어 내는 공간이 되었다. 전쟁에 사용된 무기는 파괴와 죽음을 불러왔지만 작은 재봉틀 한 대는 생산적인 일을 했으므로, '죽음의 방'

은 창의적인 공간이 된 것이다.

구멍이 나고 터진 옷을 박고 새 옷을 만들어 내며 삶에 활기를 불어넣었던 재봉틀. 재봉틀은 창의적인 일만 한다.

어릴 적 찍은 우리 육남매의 흑백사진을 본다. 내 프릴 달린 옷은 언니에게 물려받은 것을 엄마가 수선한 것이고, 내 동생의 멜빵바지는 내 긴 바지를 잘라 만든 옷이다. 엄마가 재봉틀로 만들어 낸 옷들에는 우리의 이야기가 담겨 있다. 그러니 내게 엄마의 재봉틀은 특별한 의미를 가진다. 그래서 엄마가 재봉틀을 언니에게 줬다는 소리를 듣고는 엄청 서운했다.

그런데 시어머니의 재봉틀을 얻게 되었으니 얼마나 다행인가.

시어머니의 재봉틀을 받게 되면, 흰 아사면을 떠다 여름 이불도 만들고, 옥양목에 감물을 들여 베갯잇도 만들어 들꽃 몇 송이 수를 놓으리라. 지인들에게는 꽃무늬 쿠션을 만들어 주고, 손녀딸이 생기면 엄마가 내게 만들어 준 것처럼, 앞섶 가득 프릴이 달린 하늘거리는 원피스와 튼튼한 멜빵바지도 만들어 주어야지.

콧잔등에 돋보기를 걸치고 재봉틀 앞에 앉아 바퀴
를 돌리는 나를 상상한다. 생각만으로도 마음이 넉
넉해진다.

복남 씨 사랑합니다

○　　내 아이들은 나를 만나고 헤어질 때마다 껴
안고 "엄마, 사랑해요." 한다. 그 말을 들을 때마다 기
분이 참 좋다. 그리고 생각한다.

'아, 내가 엄마구나.'

'엄마'라는 사실이 감사하고 흐뭇하다.

사실, 자라면서 내 부모에게 '사랑해요.'라는 말을
하지 못하고 자랐다. 내 부모를 사랑하지 않아서가
아니라, 그런 말을 내뱉는 게 쑥스러워서다. 워낙 엄
격했던 할아버지의 유교적 교육 방식은 마음을 말로
표현하기에 앞서 행동으로 보여 주는 것이었다. '사
랑한다'는 말에 앞서 효도를 실천하는 게 우선이라
고 강조하셨다. 그런 정서 안에서 조용조용 살아왔
기 때문에 생각을 말로 뱉어 내는 게 더 힘들었는지

도 모른다. 그러니 부모는 물론이고 형제자매를 아끼고 사랑하는 마음을 쉽게 말로 표현하지 못했다.

그런데 내 아이들은 서슴없이 부모를 비롯해 식구 누구를 만나든 껴안고 헤어질 때마다 참으로 쉽게 "사랑합니다." 한다.

논산훈련소에 입소해 훈련 중이던 아들의 편지는 화젯거리였다. 편지 쓸 때마다 "어머니, 아버지 사랑합니다."라고 썼기 때문이었다. 동료 훈련병들은 "어떻게 그런 말을 쓰냐?"며 픽픽 웃었다는데, 아들은 그걸 어려워하는 동료들이 더 신기했다고 종종 이야기했다.

'사랑'이라는 단어를 두고 우선 떠오르는 것은 '은밀함'일 것이다. 그 은밀함이란 다양한 형태의 에로틱한 장면들이다. 전통적으로 유교적 질서 안에서 살아온 사람들은 사랑에 대한 은밀함, 내지는 에로틱한 것들만 부정적으로 담게 되었고, 터부시해 왔다. 감정과 행동을 스스로 통제하며 드러내지 않음으로써 도덕적이고 윤리적인 사람이 될 수 있었다. 흔히들 그런 사람을 점잖고 품위 있다고 말해 왔다. 그러니 유교적 질서 안에서 살아온 내 조부와 부모를 비롯한 나는 그 '사랑'이라는 단어가 낯설었는데,

우리 아이들은 달랐다.

시대가 변하고 다양한 미디어의 영향 아래, '사랑'
이란 말이 범람하고, 쇼윈도 마네킹처럼 영혼 없는
말이 되었다고 한다. 그래도 우리는 여전히 그 '사랑'
이라는 말에 허기진 듯 보인다. 어떤 의미이건 '사랑'
이라는 말에는 관심과 애정이 담겨 있기 때문이다.
그 관심과 애정을 아이들에게 확인하게 되는 순간,
나는 온몸에 도파민이 흐르고 삶에 대한 애정과 열
기로 들뜨곤 한다.

마음으로, 행동으로만 은밀하게 사랑하는 것만이
진정으로 사랑하는 것이라고 생각해 왔는데, 이제
그러지 않기로 했다. 그렇게 살아야 품위 있는 삶이
라고 가르친 조부와 내 부모를 탓하지 않기로 했다.
내가 자라 온 문화, 그 정서가 그랬다고 자신을 합리
화시키지 않을 것이다. 그 사실을 깨닫게 해 준 건
나의 아이들이다.

두 아이들은 교환 학생 프로그램을 이용해 고등학
교 이후 미국에서 공부했다. 호스트가 되었던 봉사
자 가정의 평온한 문화와 질서 속에서 아이들은 청
소년기를 보냈다. 아이들이 머물렀던 집주인은 매

일 아침 아이들에게 아침 인사를 나누며 포옹해 주었고, 헤어질 때마다 "사랑한다."고 말해 주었다. 그 말을 들을 때마다 아이들은 자신들이 사랑받고 있다는 걸 확신할 수 있었다. 낯선 곳이었지만, 아침마다 듣는 그 말 때문에 '사랑'이라는 단어가 낯설지 않게 되었고, 그 말이 귀에 들어올 때마다 "따뜻하다.", "기분이 좋다.", "난 뭐든 할 수 있어." 하는 긍정의 기운이 자리 잡게 되었다고 한다.

아이들은 "사랑해."라는 말이 갖는 힘을 알게 되었다. 그래서 아이들은 그 말의 힘을 믿고 그 말을 즐겨 쓴다. 그런 아이들이 나를 안고 "엄마, 사랑해."라고 말할 때, '행복하다'는 감정이 북받쳐 오른다.

나도 그런 '말의 힘'을 요즘 실천하고 있는 중이다. 병상에 누워 바깥출입을 못 하고 계신 엄마에게 전화를 걸어 재미난 얘기를 들려드린다. 신통치 않은 얘기도 좀 살을 붙여 드라마틱하게 들려드리면 엄마는 "빨리 죽어야 하는데"를 반복하다가도 깔깔깔 웃고는 수다쟁이 할머니가 되시곤 한다.

"엄마, 아직도 죽고 싶어요?"

물으면, 그러신다.

"야, 사람이 워찌 그리 빨리 죽는다냐? 너랑 야그

는 다 허고 죽어야제."

"죽어야지"를 몇 년째 반복하셨는데, 지금껏 살고
계시니 좀 염치가 없는 엄마라고 할 때마다, "그래야
오래 산다 안 허냐."며 또 깔깔거리신다. 세상에 미련
이 많으신 건 분명하다. 한참을 이런저런 얘기를 나
누며 웃고 나면 엄마 목소리에 생기가 넘친다는 느
낌을 받는다.

그런 엄마와 전화를 끊을 때마다 빼놓지 않고 하
는 말이 있다.

"복남 씨, 사랑합니다."

그러면 백오십 킬로미터 먼 곳으로부터 엄마의 젖
은 목소리가 들려온다.

"나도 너를 많이 사랑혀!"

내 아이들이 "엄마, 사랑해."라고 말할 때마다 내가
행복감을 느끼듯, 엄마도 나 같은 마음이 될 것이라
고 나는 믿고 있다. 그런 엄마가 세상을 뜨시는 날까
지 나는 엄마에게 이렇게 말할 것이다.

"엄마, 사랑해요."

늦둥이를 둔 지애 씨

○   지애 씨는 내 친언니다. 눈물이 다른 사람
보다 열 배는 많은 울보에, 동생들이라면 입던 옷
도 벗어 주며 기뻐하는 사람이다. 언니는 중학교 국
어 선생님으로 있으면서 시도 썼다. 그런데 갱년기
를 거치며 우울증과 불면증 때문에 학교를 그만두었
다. 많은 양의 수면제에 의지하면서 직장 생활은 물
론 바깥 활동도 제대로 할 수 없게 되었고, 십 년 넘
게 그렇게 지내 오며 환갑을 맞았다. 구순을 바라보
는 노부모는 그런 딸 때문에 걱정이 이만저만 아니
다. 자식 중 가까이에 있는 언니를 유난히 의지하며
사셨기 때문이리라.

  여섯 형제 중 맏이로, 집안 대소사부터 부모님 건
강 등 신경 쓸 일이 한두 가지가 아닌 언니. 동생들

챙기며 공부하느라 그동안 고생도 참 많았다. 지금은 자식 둘을 남부럽지 않게 키우고 걱정할 일이 없건만 혹독한 갱년기를 거치며 사는 게 말이 아니다.

어느 날, 언니 곁에 머물며 이런저런 얘기를 나누던 중이었다. 갑자기 언니가 소리를 내어 울었다.

"차라리 죽고 싶다."

그 말, 언니의 그 말에 나는 몸이 얼어붙었다. 한참을 어떤 말도 할 수가 없었다. 얼마나 힘이 들었으면 죽는 게 낫겠다는 말을 할 수 있을까. 언니를 붙들고 나는 한참을 울었다.

언니는 민간요법을 비롯해 우울증과 불면증을 고친다는 병원은 모두 찾아다녔다. 정신과 상담, 수면 치료, 심리 치료 등 해 볼 수 있는 일은 다 했으나 차도가 없자 우울증이 오히려 더 심해졌다. 약물에 의존해 하루하루를 살아간다는 것이 언니를 힘들게 했다. 몸은 마른 장작 같았다.

그러던 언니가 몇 개월 전부터 소년원 봉사를 다니기 시작했다. 자신의 몸도 제대로 가누기 힘이 들 텐데 봉사라니. 다들 걱정했다. 그런데 언니는 매주 한 소년을 계속 만났다. 그 아이를 만나며 언니가 조금씩 달라졌다. 요즘엔 틈만 나면 소년에 대한 얘기로 들떠 얘기 삼매경에 빠진다.

아이는 열일곱 살에 나쁜 친구들과 어울리다 소년원에 들어오게 되었고, 지금은 검정고시를 준비하고 있다 했다. 언니는 아이의 공부도 돕고 상담도 맡게 되었다. 책을 정해 일주일 동안 읽고 얘기도 나눈다 한다.

책을 좋아하고 글쓰기에 재능이 있다는 소년은 언니와 정서적으로 교감하고 소통하고 있었다. 언니는 아이가 작가가 되었으면 좋겠단다. 검정고시에 합격하고, 교도소에서 나오면 대학에 보낼 거라고도 한다.

언니가 꿈이 뭐냐고 묻자, "아무도 제게 꿈이 뭐냐고 물어본 적 없었어요." 하며 울었다는 아이. 그런 아이에게 언니는 많은 것을 주고 싶어 한다.

소년은 언니에게 자주 편지를 쓴다. 교도관을 통해 소년이 쓴 편지를 받은 언니는 집에 돌아와 그 편지를 읽고 또 읽는다. "선생님만 보면 엄마 생각이 많이 난다."는 문장을 읽을 땐 아예 수건을 들고 코를 탱탱 풀어 가며 운다.

일 년 후, 소년이 출소하면 가 보고 싶어 했다는 한옥마을과 덕진공원의 연꽃을 보여 주고, 맛있는 비빔밥에 콩나물국밥도 먹여 줄 거라며 벌써부터 신이 났다. 아이의 성장을 옆에서 돕겠다는 결심이 대단하다.

"내가 아이를 도우러 가는 게 아니라, 그 아이를 통해 내가 채우고 오는 것 같아."

소년을 만나고 올 때마다 언니는 말한다.

우울증과 불면증에 시달리며 병원을 순회하던 언니. "죽고 싶다"며 가뭄에 바짝 마른 논바닥처럼 지냈던 언니가 요즘 불면증과 우울증 약을 줄이고 있다니 놀랍다. 얼굴 표정이 달라졌고 목소리에 생기가 있다.

어느 날 밤, 젖은 목소리로 언니가 전화를 했다. 아이가 소년원 백일장에서 일등을 했다는데, 교도관에게 그 글을 전해 받았다고 했다. 글의 제목이 '엄마'였다.

나는 엄마가 없다. 나의 엄마는 내가 열네 살에 돌아가셨다. 한동안 엄마의 얼굴을 잊고 지냈는데, 요즘 지애 선생님을 보면 엄마가 떠오른다. 나는 매주 엄마를 만나듯 선생님을 만난다. 그리고……

언니는 글을 제대로 읽지 못하고 한참을 울었다.

"아무래도 아이가 출소하면 입양해야 할까 봐!"

언니가 말했다.

"참 다행이다, 언니!"

앞으로 언니와 소년이 서로 기대어 산다면 얼마나 좋을까. 언니가 아들을 얻고, 소년은 엄마를 얻게 되는 날이 무척 기다려진다.

신영복 교수가 감옥에서 먹물로 즐겨 썼다는 '함께 맞는 비'라는 말이 떠오른다.

돕는다는 것은 우산을 들어 주는 것이 아니라 함께 비를 맞는 것이라지. 그래, 언니도 그 아이도 함께 비를 맞으며 앞으로 쭉 걸어갔으면 좋겠다.

엄마의 김치 통

○   오래전, 남편이 공부하러 멀리 떠나고 어린 두 아이를 돌보며 대학원에 다니고 있을 때다. 남편에게 보내야 할 돈, 학비, 생활비를 버느라 밤늦게까지 학생들을 가르치고 원고를 쓰며 계절이 바뀌는 줄 모르고 하루하루를 버텼다. 남편 뒷바라지나 하며 아이들 돌보고 평범하게 살지 여자가 뭔 공부냐고 가족들과 지인들에게 지청구도 많이 들었다.

그런데 하지 말라는 일은 더 하고 가지 말라는 길은 더 가고 싶은 게 인간의 마음일까? 오기가 생겼고 두렵지 않았다. "엄마는 강하고 여자는 독하다"는 말에 기대어 참 씩씩하게 지냈다. "암탉이 울면 집안이 망하는 게 아니라 달걀이 생긴다"는 걸 보여 주겠다고 작정한 듯 학교로, 일터로, 집으로 종종거리며 다

넜다. 그런데 감정 없는 기계도 무리하게 쓰면 언젠가는 고장이 나기 마련인데, 인간의 몸이 어찌 기계와 같을까? 암탉이 아무리 달걀을 많이 낳겠다고 작정해도 시도 때도 없이 뿡뿡 낳을 수 있는 게 아니라는 걸 좀 알았어야 했다. "한 몸에 두 지게 질 수 없다"고 엄마는 늘 말씀하셨다. 그런 생활을 얼마간 하고 나니, 몸이 말이 아니게 되었다.

일을 좀 줄이면 좋겠는데 그럴 수도 없었다. 양가 부모에게 절대 기대지 않겠다고 다짐한 이상, 도와달라는 말을 할 수 없었다.

"잘하고 있어요. 문제없어요. 걱정 마세요. 지금 충분해요."

그런 말만 반복하며 양가 부모를 안심시켰다. "젊어서 하는 고생은 평생 추억이 된다"를 훈장처럼 여기며 지냈는데, 병원을 내 집 드나들듯 오가는 날이 많았다. 녹록치 않았다. 게다가 짓궂게 놀다 팔 하나가 부러진 둘째 아이를 두고, 사람들은 겨우 모이만 주며 풀어 놓은 시골 닭처럼 키운다고 비난했다.

"쯧쯧, 거 봐라. 그러면 그렇지!"

그런데 정작 나나 아이는 그다지 놀라지 않았다.

"그저 누구에게나 일어날 수 있는 일이야. 놀다 보

면 그럴 수도 있지."

대수롭지 않게 말했다.

아이들은 어렸지만 오히려 엄마를 걱정했다. 전자레인지에 계란찜도 곧잘 해 먹으며 알아서들 자라 주었다.

어느 날, 양 어깨로 온몸의 기가 깡그리 빠져나가는 섬뜩한 느낌이 들었다. 마침내 백기를 들어야 할 상황이 왔다고 생각했다. 밤늦도록 학생들을 가르치고 나면 손가락 하나 움직일 수 없었고 말 한마디 하는 것도 힘이 들었다. 그럴 때마다 두 아이는 엄마의 얼굴을 빤히 바라보며 물었다.

"엄마, 힘들어?"

얼른 커 엄마 대신 돈을 벌겠다는 당찬 포부를 밝힌 큰아이는 철도 빨리 들었다. 군것질을 하고 싶어 하는 동생에게 "너 때문에 우리 집 망한다."며 잔소리를 엄청 해대곤 했다. 집안 돌아가는 사정을 빤히 알고 있는 것 같았다.

방학이 되어 친정 엄마 생신에 두 아이를 데리고 내려갔다. 엄마 곁에서 며칠 쉬며 지친 몸을 추슬러 볼 생각이었다. 걱정거리라고는 없는 가족들은 너 때문에 심란해진다는 표정이었다.

"얼굴이 왜 그러니? 건강 좀 챙겨라. 쓰러지면 끝이다. 왜 둘이 한꺼번에 공부하며 난리냐? 애들이 웬 고생이야. 여자가 공부해 봤자 할 것도 없다……."

식구들의 걱정 때문에 몸과 마음이 더 아프고 심란했다. 관심과 사랑이 차고 넘쳤지만 우울했다. 쉬기는커녕 더 무거워진 마음으로 집을 나서는데, 엄마가 내 귀에 나직이 속삭였다.

"얘, 트렁크 안에 김치 통 두 개 넣었어. 꼭 집에 가서 열어라. 휴게소에서 절대 열지 말고."

건강도 좋지 않은 양반이 김치를 두 통이나 담아 주셨다니. 놀랍고 민망했다.

그런데, 엄마는 왜 "꼭"과 "절대"를 강조하며 김치 통을 집에 가 열라고 하셨을까? 궁금증이 폭발했다. 휴게소에서 열지 말라는 엄마의 말이 내내 마음에 걸렸다.

보약을 넣으셨나? 아무래도 딸의 건강이 염려되어 그러셨는지도 모른다. 자식이 여럿이다 보니 눈치가 보여 몰래 트렁크에 넣어 둘 수도 있겠다 싶었다. 그런데 보약이라면 휴게소에서 열면 안 된다고 당부할 필요가 없지 않나? 결국 참을 수 없게 된 나는 휴게소 구석진 곳에 자동차를 세웠다. 트렁크를 열고 슬 그머니 보자기를 풀어 김치 통을 여는 순간, 그만 눈 물을 왈칵 쏟고 말았다. 김치 통 속에는 고무줄로 묶은 지폐 뭉치가 가득, 편지 한 통과 들어 있었다.

"엄마가 널 응원한다."

엄마는 흰 종이에 또박또박 쓰셨다.

돌아오는 길, 울음이 차올라 제대로 운전을 할 수 없었다. 소리 없이 눈물을 흘리고 있자 영문을 모르는 아이들은 그저 내 등만 토닥토닥 두들길 뿐이었다.

한 푼 두 푼 용돈을 모아 내게 주신 엄마 마음이 사무쳤다.

엄마의 김치 통과 편지 덕분에 나는 다시 기운을 얻었고, 씩씩하게 그 힘든 길을 걸어 나왔다.

엄마에게 받은 건 아무리 갚아도 '채무 불이행' 상태겠지만, 지금도 열심히 그 빚을 갚고 있는 중이다.

자식의 마음을 읽고, 언제나 뒤에서 마음 졸이며 응원하셨던 엄마. 자식을 낳고 키우며 그런 엄마의 마음이 되어 간다.

이런 중년이어도
괜찮습니까?

첫 번째 찍은 날 2018년 4월 5일

지은이 강안
펴낸이 이명희
펴낸곳 도서출판 이후
편집 김은주

표지·본문 디자인 박진범

ⓒ 강안, 2018

등록 1998. 2. 18(제13-828호)
주소 경기 고양시 일산동구 호수로 358-25(백석동, 동문타워 II) 1004호
전화 대표 031-908-5588 편집 031-908-3030
전송 02-6020-9500
http://blog.naver.com/ewhobook

ISBN 978-89-6157-093-0 03810

이 도서의 국립중앙도서관 판시도서목록(CIP)은 e-CIP 홈페이지 http://
www.ni.go.kr/cip.php에서 이용하실 수 있습니다.(CIP 제어번호:
CIP2018005668)